Le Secret de l'Ange

Melissa de la Cruz

Le Secret de l'Ange

*Traduit de l'anglais (américain)
par Valérie Le Plouhinec*

wiz
Albin Michel

Titre original :
MISGUIDED ANGEL
(Première publication : Hyperion Books for Children, New York, 2010)
© Melissa de la Cruz, 2010
Cette traduction a été publiée en accord avec Hyperion Books for Children.

Pour la traduction française :
© Éditions Albin Michel, 2010

À mon petit papa,
Alberto B. de la Cruz
(7 septembre 1949 – 25 octobre 2009),
qui disait que la dédicace et les remerciements étaient
ce qu'il préférait dans mes livres, parce qu'il y figurait toujours.

Heart like a Gabriel, pure and white as ivory
Soul like a Lucifer, black and cold like a piece of lead.

« Cœur de Gabriel, pur et blanc d'ivoire,
Âme de Lucifer, noire et froide tel un morceau de plomb. »

Cowboy Junkies, *Misguided Angel*

Rien ne meurt, tout se transforme.

Ovide

Extrait du journal personnel de Lawrence Van Alen

11 novembre 2005

Nous étions sept à la création de l'Ordre. Une réunion de conclave fut convoquée pour évoquer la menace croissante posée par les chemins des Morts. En dehors de moi-même, étaient présents : le cousin de l'empereur, Gémellus, un faible ; Octilla et Alcyon, vierges vestales ; le général Alexandrus, chef de l'armée impériale ; Pantaelus, sénateur au-dessus de tout soupçon ; et Ombasius, guérisseur.

Mes recherches exhaustives m'ont permis d'établir qu'Alcyon était très probablement la gardienne de la porte de la Promesse, troisième porte connue de l'enfer. J'en suis venu à la conclusion que cette porte était indispensable à la découverte de la vérité que cache l'existence persistante de nos ennemis, supposément exterminés. C'est la porte sur laquelle nous devons concentrer nos efforts, la plus importante de toutes.

D'après mes déductions, Alcyon s'est fixée pour un temps à Florence, et j'ai acquis la conviction que sa dernière incarnation connue était Catherine de Sienne, une célèbre mystique italienne

« née » en 1347. Toutefois, après la « mort » de Catherine, on ne trouve plus trace de présence féminine prééminente dans la ville. Il semble qu'elle n'ait pas eu d'héritiers, et sa lignée disparaît corps et biens après la mort de Jean de Médicis, en 1429.

À dater du XVe siècle, la cité devient le centre du pouvoir de l'ordre religieux des Pétruviens, fondé par l'ambitieux père Benedictus Linard. L'école et les monastères pétruviens sont actuellement sous la tutelle d'un certain père Roberto Baldessare. Je lui ai écrit, et je pars pour Florence demain.

Une poursuite

Leurs pas sonnaient sur le pavé des rues désertes de la ville. Tomasia – Tomi, pour les intimes – ouvrait la marche, presque sans bruit grâce à ses chaussons de chevreau, tandis que derrière elle s'élevait le piétinement des lourdes bottes d'Andreas et le pas plus léger de Giovanni. Ils couraient en file indienne, étroitement unis, habitués à ce genre d'exercice, habitués à se fondre dans l'obscurité. Une fois arrivés au centre de la place, ils se séparèrent.

Tomi s'envola au coin de l'immeuble le plus proche et se percha sur une corniche qui dominait le vaste panorama de la ville : le dôme à demi achevé de la basilique, puis le Ponte Vecchio et l'autre rive du fleuve. Sentant que la créature était proche, elle se préparait à frapper. Leur cible ignorait encore qu'elle était suivie, et le coup serait immédiat et invisible, il annihilerait le sang-d'argent sans laisser de trace... presque comme si le monstre – déguisé en garde du palais – n'avait jamais existé. Même le dernier souffle de la bête devait être silencieux. Tomi resta en position, à attendre que celle-ci vienne à eux, qu'elle tombe dans l'embuscade.

Elle entendit Dre grogner, un peu essoufflé, et après lui, Gio, l'épée déjà dégainée : ils suivaient le vampire dans la ruelle.

C'était le moment. Elle s'élança de son perchoir, le poignard entre les dents.

Mais lorsqu'elle atterrit, la créature n'était plus là.

– Où...

Gio posa un doigt sur ses lèvres et lui indiqua la ruelle.

Tomi haussa les sourcils. Voilà qui était inhabituel. Le sang-d'argent s'était arrêté pour converser avec un inconnu au visage dissimulé par un capuchon. Étrange : les Croatan méprisaient les sang-rouge et les évitaient en général, sauf quand ils les torturaient par jeu.

– On y va ? demanda-t-elle en se rapprochant de la ruelle.

– Attends, lui ordonna Andreas.

À dix-neuf ans, il était grand et large d'épaules, musclé, le regard farouche : impitoyable et beau. Il était leur chef, il l'avait toujours été.

À côté de lui, Gio paraissait fluet, presque efféminé, mais sa grâce ne pouvait être niée ni cachée sous sa barbe en bataille et ses longs cheveux emmêlés. Il gardait la main sur son arme, tendu et prêt à bondir.

Tomi l'imita et caressa la lame effilée de son poignard. Sa présence la rassurait.

– Voyons ce qui se passe, décida Dre.

Première partie

Theodora Van Alen
et la porte de la Promesse

Au large de la côte italienne
Le temps présent

Un

Les Cinq Terres

Theodora Van Alen se hâta de gravir l'escalier à rampe de bronze doré qui menait sur le pont. Jack Force se tenait à la proue lorsqu'elle capta son regard. Elle lui fit un bref signe de tête tout en protégeant ses yeux contre le chaud soleil de la Méditerranée. *C'est fait.*

Bien, lui renvoya-t-il mentalement avant de se remettre à jeter l'ancre. Il était buriné et un peu hirsute ; le soleil avait teint sa peau en noisette foncé et donné à ses cheveux la couleur du lin. Quant à Theodora, sa tignasse brune était en bataille depuis un mois qu'elle prenait le sel et l'air marin. La jeune fille portait une vieille chemise de Jack, autrefois blanche et nette, aujourd'hui grisâtre et effilochée. Tous deux arboraient l'air laconique et détendu de ceux qui sont perpétuellement en vacances : une apparence de tranquillité oisive qui ne laissait pas deviner leur véritable détresse. Un mois, c'était plus que suffisant. À présent, il fallait agir. Dès aujourd'hui.

Jack banda les muscles de ses bras et tira un petit coup sur l'amarre pour voir si l'ancre s'était accrochée au fond marin.

Raté : elle remontait. Il libéra encore quelques pieds de cordage. Il leva un doigt par-dessus son épaule droite, pour indiquer à Theodora de mettre le moteur en marche arrière. Il donna encore un peu de mou, puis tira d'un coup sec. Cette fois, les robustes fibres blanches lui entrèrent dans la peau.

Depuis ses étés passés à faire de la voile à Nantucket, Theodora savait qu'un homme ordinaire aurait employé un winch automatique pour jeter une ancre de trois cents kilos, mais bien sûr, Jack était tout sauf ordinaire. Il tira plus violemment, presque de toutes ses forces, et les huit tonnes du yacht de la comtesse parurent fléchir un instant. Cette fois, l'ancre tenait bon, solidement arrimée au fond rocheux. Jack se détendit et Theodora lâcha la barre pour venir l'aider à enrouler le cordage autour de la base du winch. Au cours du mois passé, ces menues tâches les avaient réconfortés. Elles leur donnaient quelque chose à faire le temps qu'ils préparent leur évasion.

Isabelle d'Orléans, en effet, leur avait offert l'asile chez elle, mais Jack et Theodora avaient compris trop tard : dans une autre vie, au temps jadis, elle avait été la bien-aimée de Lucifer, Drusilla, sœur et épouse de l'empereur Caligula. Certes, la comtesse s'était montrée plus que généreuse envers eux. Elle leur avait accordé tous les luxes possibles : le bateau, en particulier, était doté d'un équipage au grand complet et garni de victuailles somptueuses. Pourtant, à chaque jour qui passait, il devenait plus clair que c'était une prison dorée. Novembre était déjà là et, au fond, ils étaient ses captifs : jamais on ne les laissait seuls, jamais on ne les autorisait à partir. Theodora et Jack n'étaient pas plus près de trouver la porte de la Promesse que le jour où ils avaient quitté New York.

La comtesse leur avait tout donné, hormis ce dont ils avaient le plus besoin : la liberté. Theodora avait encore du mal à croire qu'Isabelle, une grande amie de Lawrence et de Cordelia, et l'une des vampires douairières les plus respectées de la société européenne, soit une traîtresse sang-d'argent. Mais bien sûr, au vu des événements récents, tout était possible. Quoi qu'il en soit, ils n'allaient pas s'éterniser là pour voir si elle comptait les garder prisonniers à perpétuité.

Theodora jeta un coup d'œil timide à Jack. Ils étaient ensemble depuis un mois déjà et formaient enfin un vrai couple, mais malgré cela, tout était encore nouveau pour elle : ses caresses, sa voix, sa compagnie, son bras négligemment passé autour de ses épaules. Elle vint se placer à côté de lui contre le bastingage ; il la prit par le cou et l'attira pour lui déposer un rapide baiser au sommet de la tête. Ces baisers-là étaient ses préférés : elle adorait l'assurance avec laquelle il la tenait contre lui. Ils appartenaient vraiment l'un à l'autre, désormais.

C'était peut-être ce qu'avait voulu dire Allegra, songea Theodora, en lui conseillant de cesser de se battre, de cesser de fuir son bonheur. Peut-être était-ce aussi ce que sa mère avait voulu lui faire comprendre.

Jack lui lâcha l'épaule et elle suivit son regard jusqu'au petit canot que « les gars » abaissaient depuis la poupe jusqu'à l'eau qui clapotait en bas. Ils formaient un joyeux duo, ces deux Italiens : Drago et Iggy (diminutif d'Ignazio), *Venator* au service de la comtesse et, en pratique, geôliers de Jack et Theodora. Cette dernière en était pourtant venue à les apprécier presque comme des amis, et la perspective de ce que Jack et elle s'apprêtaient à faire lui vrillait les nerfs. Elle espérait qu'il ne leur arriverait pas de mal ; mais, quoi qu'il arrive, Jack et elle ne se laisseraient pas détourner de leur but. Le calme de son compagnon l'impressionnait ; elle, de son côté, ne tenait pas en place et sautillait d'impatience.

Elle suivit Jack jusqu'au bout de la passerelle. Iggy avait amarré la petite chaloupe au yacht et Drago tendit la main pour aider Theodora à descendre. Mais Jack le devança et offrit sa propre main à la jeune fille, en vrai chevalier servant. Profitant de son aide, elle enjamba le bordage et prit pied dans le canot. Drago haussa les épaules et stabilisa l'embarcation pendant qu'Iggy apportait le reste des provisions : plusieurs paniers à pique-nique, ainsi que des sacs à dos garnis de couvertures et d'eau. Theodora tapota le sien pour s'assurer que les dossiers du Sanctuaire qui contenaient les notes de Lawrence étaient bien à leur place.

Elle se retourna et, pour la première fois, observa attentivement la côte sauvage italienne. Depuis qu'ils connaissaient l'amour d'Iggy pour les Cinque Terre, ils l'avaient tanné pour faire une excursion d'une journée là-bas. Les Cinque Terre – « Cinq Terres » – étaient une portion de la Riviera italienne qui comprenait cinq villages médiévaux. Iggy, avec sa large face et son gros ventre, parlait toujours avec nostalgie des sentiers escarpés sur la falaise et des terrasses où l'on dînait en admirant le coucher de soleil sur la baie.

Elle n'était jamais venue dans ces parages et n'en connaissait pas grand-chose… mais en revanche, elle comprenait parfaitement comment ils pouvaient tourner à leur avantage l'affection d'Iggy pour sa région natale. Incapable de résister à leur suggestion de s'y rendre, il leur avait accordé une journée hors de leur prison flottante. C'était le cadre idéal pour ce qu'ils préparaient, car les sentiers débouchaient sur des escaliers anciens, immémoriaux, qui continuaient de monter sur des centaines de mètres. Les chemins seraient déserts à cette époque de l'année : la saison touristique était terminée, et l'automne noyait ces stations balnéaires dans le froid. Les sentiers de montagne les mèneraient bien loin du bateau.

– Vous allez adorer, Jack, annonça Iggy en ramant vigoureusement. Vous aussi, *signorina*.

Jack poussa un vague grognement en tirant sur sa rame, et Theodora tâcha de prendre un air joyeux. Officiellement, ils partaient pique-niquer. Voyant que Jack contemplait la mer d'un air sombre, préoccupé par la journée qui les attendait, elle lui donna une tape enjouée sur le bras. Ils étaient censés savourer un répit bienvenu dans leur croisière forcée, une occasion de profiter d'une journée d'exploration.

Ils devaient ressembler à un couple heureux et insouciant, pas à une paire de captifs sur le point de se faire la belle.

DEUX

L'évasion

Theodora sentit son moral remonter en flèche lorsqu'ils accostèrent dans la baie de Vernazza. La vue aurait déridé n'importe qui, et même le visage de Jack s'éclaira. Les rochers en terrasses étaient spectaculaires et les maisons qui s'y accrochaient paraissaient aussi anciennes que la montagne elle-même. Une fois le canot amarré, tous les quatre se mirent à gravir la falaise pour rejoindre le sentier.

Les cinq villages qui formaient les Cinq Terres étaient reliés entre eux par un réseau de sentiers rocheux dont certains étaient presque impraticables, expliqua Iggy en passant devant une série de maisonnettes en stuc. Le *Venator*, d'humeur radieuse, leur conta l'histoire de chacune des maisons qu'ils voyaient.

– Et celle-là, ma tante Clara l'a vendue en 1977 à une très sympathique famille de Parme, et plus loin, c'est là qu'habitait la plus belle fille d'Italie – il mima un baiser – mais... ces sang-rouge, vous savez comme elles sont... *difficiles*... Oh, et c'est là que...

Il hélait des fermiers en coupant à travers champs et jardins,

23

caressait les animaux en traversant les prés. Le chemin serpentait entre les pâtures et les maisons suspendues au bord de la falaise.

Theodora, en avançant, regardait les petits cailloux rouler le long de la pente. Iggy parlait sans cesse tandis que Drago hochait la tête et riait tout seul, comme s'il faisait cette promenade une fois de trop et se moquait un peu des radotages de son ami. La montée était raide, mais Theodora était heureuse de pouvoir étirer ses muscles, et elle ne doutait pas que Jack le fût aussi. Ils avaient passé trop de temps en bateau : même s'ils avaient le droit de se baigner, ce n'était pas la même chose qu'une bonne randonnée au grand air. En quelques heures, ils étaient passés de Vernazza à Corniglia puis à Manarola. Theodora remarqua qu'ils n'avaient pas vu une voiture ni un camion de la journée, pas même une ligne téléphonique ou un câble électrique.

C'est là, lui dit mentalement Jack. *Par ici.*

Theodora savait que cela signifiait qu'il estimait être arrivé presque à mi-chemin entre les deux derniers villages. C'était le moment. Elle tapa sur l'épaule d'Iggy et montra du geste une corniche escarpée qui surplombait la falaise.

– On mange ? lui demanda-t-elle, les yeux brillants.

Iggy sourit.

– Bien sûr ! Tout à la joie d'être ici, j'en oubliais la pause-déjeuner !

L'endroit où Theodora les avait amenés n'était pas situé n'importe où. Le sentier, étroit, passait entre deux falaises à pic avant de rejoindre un promontoire. Les deux *Venator* étalèrent une des nappes immaculées de la comtesse sur un replat herbu entre les rochers, et tous les quatre s'entassèrent dans cet espace réduit. Theodora tâchait de ne pas regarder en bas, tout en se rapprochant le plus possible du précipice.

Jack s'assit en face d'elle et contempla, par-dessus son épaule, la côte en contrebas. Il garda les yeux fixés sur la plage pendant que Theodora aidait à vider le panier. Elle en sortit du salami et du jambon de Parme, de la *finocchiona*, de la mortadelle et du bœuf séché. La viande se présentait soit sous forme de longs bâtons, soit en fines tranches enveloppées dans du papier paraffiné. Il y avait un cake au romarin, ainsi qu'un sac en papier brun rempli de biscuits aux amandes et de *crostate* à la confiture. Quelle pitié de penser que tout cela serait perdu ! Drago sortit plusieurs boîtes en plastique garnies de fromages italiens : du *pecorino* et de la *burrata* fraîche enveloppée de feuilles vertes d'asphodèle. Theodora ne put s'empêcher de piquer une bouchée de *burrata* : elle était onctueuse et crémeuse, aussi sublime que le panorama.

Elle croisa brièvement le regard de Jack. *Tiens-toi prête,* lui dit-il en silence. Elle continua de sourire et de manger, mais son ventre s'était noué. Elle pivota un instant pour voir ce que Jack avait vu. Un petit bateau à moteur avait accosté sur la plage. Qui aurait cru qu'un jeune pirate africain venu de la côte somalienne s'avérerait être un contact si fiable ? songea Theodora. Même de si haut, elle vit qu'il leur avait apporté ce qu'ils avaient demandé : l'une des vedettes les plus rapides de sa bande de pirates, affublée d'un moteur énorme, disproportionné.

Iggy fit sauter le bouchon d'une bouteille de *prosecco* et tous les quatre trinquèrent à cette côte inondée de soleil, avec des sourires amicaux. Le *Venator* leva la main avec emphase en observant leur festin.

– On commence ?

C'était le moment que Theodora attendait. Elle passa à l'action d'un seul coup. Elle se pencha en arrière et parut perdre l'équilibre un instant, puis s'inclina vers l'avant et jeta le contenu de son verre au visage de Drago. L'alcool piqua les yeux de ce dernier, qui ne comprenait pas encore ce qui se passait ; mais avant qu'il n'ait pu réagir, Iggy lui donna une grande claque dans le dos en riant, comme si Theodora venait de lui faire une bonne blague.

Drago étant momentanément aveuglé et Iggy occupé à rire, les yeux fermés, Jack profita de l'instant pour agir à son tour. Il sortit de sa manche une lame improvisée, la fit passer dans sa main, la retourna et la plongea profondément dans la poitrine de Drago, qui s'étala les bras en croix, ensanglanté. Theodora avait aidé Jack à tailler cette pointe. Il avait arraché le dessous d'une marche d'escalier mal fixée, et l'avait affûté contre une pierre que la jeune fille avait trouvée en plongeant. L'arme de fortune était en bois de fer, un bois très dur. Elle faisait un petit poignard redoutable, meurtrier.

Theodora se rua sur l'autre *Venator*, mais Iggy était déjà parti le temps qu'elle se lève. Elle n'avait pas prévu cela. Pour un bonhomme aussi grassouillet, il était rapide. En un éclair, il avait arraché la lame de la poitrine de son camarade et la retournait contre Theodora. Ses yeux ne riaient plus.

– Jack ! cria-t-elle lorsqu'il chargea.

Soudain, elle fut comme paralysée. Iggy lui avait jeté un sort de stase au moment où il s'était emparé de l'arme, qu'il brandissait à présent au-dessus de sa poitrine. Dans un instant, il lui percerait le cœur... mais Jack plongea entre eux et ce fut lui qui reçut le coup.

Theodora devait absolument se débarrasser de ce sort. Elle se tordit vers l'avant, de toutes ses forces, en luttant contre le filet invisible qui la retenait. C'était comme se mouvoir au ralenti dans une mélasse épaisse, jusqu'au moment où elle trouva le maillon faible du sort et le brisa. Avec un grand cri, elle se précipita sur le corps apparemment sans vie de Jack.

Iggy la devança, mais au moment où il retournait Jack, la surprise se peignit sur ses traits. Le jeune homme était indemne, bien vivant, et arborait un sourire mauvais.

Il bondit sur ses pieds.

– Allons, *Venator*. Une arme forgée par un ange ne se retourne jamais contre lui, comment avez-vous pu l'oublier ? (Il remonta ses manches et se carra bien en face de l'adversaire.) Vous devriez vous faciliter la vie, ajouta-t-il doucement. Je vous suggère de retourner dire à la comtesse que nous ne sommes pas une paire de bibelots qu'elle peut garder dans une boîte à bijoux. Partez tout de suite et nous ne vous ferons aucun mal.

L'espace d'un instant, on put croire que le *Venator* allait y réfléchir, mais Theodora savait qu'il était une trop vieille âme pour choisir une solution si lâche. L'Italien sortit de sa poche une lame recourbée, menaçante, et se jeta sur Jack. Il s'immobilisa en l'air. Il y resta suspendu quelques secondes avec une expression étrange, mi-perplexe, mi-vaincue.

– Bien joué, le coup de la stase, dit Jack en pivotant vers Theodora.

Elle sourit.

– Quand tu veux.

Elle avait empoigné le sort qui venait de la paralyser et l'avait retourné contre le *Venator*.

Jack reprit la situation en main et, d'un geste puissant, jeta le gros geôlier dans le précipice. Il alla s'écraser dans l'eau. Theodora fit rouler Drago, inconscient, jusqu'au bord et le jeta aussi. Il alla rejoindre son camarade dans la mer.

– Tu as le bidon d'essence ? lui demanda Jack alors qu'ils descendaient à flanc de falaise jusqu'au bateau qui les attendait en bas.

– Bien sûr.

Ils avaient minutieusement préparé leur évasion : Jack avait ancré le yacht à très grande profondeur pendant que Theodora siphonnait les réserves de carburant. La nuit précédente, ils avaient saboté les voiles et la radio.

Ils traversèrent la plage en courant pour aller rejoindre la vedette pirate, où leur nouvel ami Ghedi les attendait. Theodora avait sympathisé avec lui lors de leurs excursions surveillées au marché de Saint-Tropez, où cette ancienne recrue des « Marines somaliens » – c'étaient eux qui s'étaient baptisés ainsi – déchargeait des cageots de poisson frais sur le quai. Ghedi, qui avait la nostalgie de sa vie aventureuse, avait bondi sur cette occasion d'aider les deux Américains pris au piège.

– Il est à vous, patron ! leur dit Ghedi en dévoilant ses dents étincelantes.

Le jeune homme était léger et rapide, avec un visage élégant et joyeux et une peau couleur de cacao brûlé. Il sauta du bord. Il rentrerait au marché en ferry.

– Merci, vieux, lui répondit Jack en prenant le volant. Regarde ton compte en banque demain.

Le Somalien sourit encore plus largement, et Theodora vit que l'excitation d'avoir volé le bateau lui aurait presque suffi.

L'énorme moteur s'éveilla en rugissant et ils s'éloignèrent rapidement de la côte. Theodora jeta un regard rapide vers les deux *Venator* qui flottaient, inconscients, près de la rive. Elle se consola en pensant qu'ils survivraient tous les deux. Pour des créatures immémoriales comme eux, ce n'était pas une chute du haut d'une falaise qui risquait d'être fatale ; seul leur amour-propre serait meurtri. Mais quand même, ils mettraient un moment à se remettre, et d'ici là, elle et Jack seraient loin.

Elle exhala longuement. Enfin. En route pour Florence, pour commencer la traque des gardiens et sécuriser une autre porte de l'enfer avant que les sang-d'argent ne la trouvent. Ils étaient de nouveau en piste.

– Ça va ? lui demanda Jack en guidant l'embarcation sur la mer agitée avec une aisance d'expert.

Il lui prit la main et la serra fort.

Elle retint la sienne contre sa joue. Elle adorait sentir ses paumes calleuses sur sa peau. Ils avaient réussi. Ils étaient ensemble. En sécurité. Libres.

D'un coup, elle se figea.

– Jack, derrière nous.

– Je sais. J'entends les moteurs, répondit-il sans même prendre la peine de regarder par-dessus son épaule.

Theodora scruta l'horizon, où trois formes sombres venaient d'apparaître. Encore des *Venator*, sur des Jetskis au pare-brise rehaussé d'un insigne : une croix noire et argent. Leur silhouette grossissait à mesure qu'ils se rapprochaient. Apparemment, Iggy et Drago n'étaient pas les seuls à les surveiller.

L'évasion s'annonçait plus difficile que prévu.

TROIS

Le grand plongeon

Lorsque les premières gouttes de pluie tombèrent comme de doux baisers sur sa joue, Theodora espéra que ce ne serait qu'une averse légère. Mais un regard vers le ciel qui noircissait à vue d'œil la détrompa. L'horizon, tout à l'heure calme et bleu, était à présent une palette chargée de gris, de rouge et de noir ; les nuages s'enroulaient sur eux-mêmes pour former une masse lourde et compacte. La pluie, qui avait commencé comme une arrière-pensée tranquille, se mit soudain à tambouriner sur le pont avec un bruit de mitrailleuse. Le tonnerre roula, sur une note grave et soudaine qui la fit sursauter.

Bien sûr, il fallait qu'il pleuve ! Comme si ce n'était pas déjà assez difficile... Theodora attrapa derrière Jack un petit arc qu'ils avaient demandé à Ghedi de leur procurer et de ranger dans un compartiment caché sous le fond du bateau, qui servait d'habitude pour la contrebande.

Ils avaient passé leur mois en mer à préparer cette évasion. Cela les occupait. Le soir, Jack enseignait à Theodora les subtilités de l'art du *Venator* (subterfuges, munitions) et, avec

31

l'approbation de Drago et Iggy, il lui avait même donné un cours accéléré et rudimentaire de tir à l'arc. Avec son œil et sa main assurés, elle s'était révélée meilleure tireuse que lui. Elle sortit de son sac plusieurs flèches en bois de fer, encore des armes fabriquées en captivité. Elle en plaça une contre l'arc et se mit en position.

Leurs poursuivants étaient encore loin. Elle les distinguait nettement malgré le vent et la brume. Elle ploya légèrement les genoux, se força à rester immobile comme une statue sur la mer agitée, leva l'arc et tendit la corde au maximum. Lorsqu'elle fut certaine d'avoir ses marques, elle libéra la flèche. Mais le Jetski l'évita habilement.

Imperturbable, elle rechargea son arc. Cette fois, son tir logea la flèche dans le genou d'un *Venator*. Le Jetski fit une embardée, et Theodora eut un sentiment de triomphe jusqu'au moment où son poursuivant redressa l'engin sans se laisser perturber par sa plaie béante.

Pendant ce temps, Jack regardait droit devant lui, une main ferme posée sur la manette des gaz. Il poussait le moteur à fond. Celui-ci tournait trop vite et chauffait trop : il jeta une gerbe d'étincelles en émettant un horrible gargouillement.

Theodora scruta de nouveau leur sillage. La vedette pirate faisait de son mieux, mais ils seraient bientôt rattrapés. Les *Venator* s'étaient beaucoup rapprochés, ils n'étaient plus qu'à une quinzaine de mètres. La pluie avait redoublé. Jack et elle étaient trempés jusqu'aux os, et les vagues fouettées par le vent secouaient l'embarcation comme des montagnes russes.

Elle se campa plus fermement sur ses pieds, et au même moment des gerbes d'eau vinrent s'écraser sur le pont. Il ne lui restait que deux flèches ; pas question de les gaspiller. Elle arma et visa, juste à temps pour voir quelque chose de rougeoyant et flamboyant braqué sur elle.

– Theodora ! hurla Jack en la plaquant au sol.

Au même instant, quelque chose explosait en l'air, exactement là où elle s'était tenue.

Seigneur, les *Venator* étaient rapides... Elle n'avait même pas vu son assaillant la mettre en joue ni faire feu.

Jack gardait une main sur le volant, l'autre plaquée sur son dos dans un geste protecteur.

– Le feu de l'enfer, grogna-t-il entre ses dents au moment où une nouvelle explosion les ratait de peu à tribord et secouait l'embarcation.

Les projectiles étaient équipés de l'arme la plus meurtrière de l'arsenal *Venator* : le feu noir de l'enfer, la seule chose sur terre qui pût mettre fin à la circulation du sang immortel dans leurs veines.

– Mais pourquoi voudraient-ils notre mort ? demanda Theodora par-dessus le rugissement de l'orage en serrant l'arc contre son flanc.

La comtesse ne leur voulait tout de même pas tant de mal ! Les haïssait-elle à ce point ?

– Nous ne sommes plus que des dommages collatéraux, expliqua Jack. Elle nous a gardés en vie tant que ça l'arrangeait. Mais son amour-propre ne peut pas supporter notre évasion. Elle est capable de nous tuer rien que pour avoir le dernier mot. Pour montrer que personne ne lui résiste.

La vedette bondissait sur la mer de plus en plus agitée et retombait durement à chaque fois : les rivets et les clous entraient en lutte violente avec le bois et l'eau. Le moteur chauffait. On aurait dit que seule leur volonté empêchait l'embarcation de se désintégrer.

Une nouvelle explosion secoua la poupe, plus près cette fois. Encore une, et ils couleraient. Theodora bondit de sa cachette et, avec une rapidité surhumaine, tira coup sur coup ses deux dernières flèches. Cette fois, elles transpercèrent le réservoir d'essence du Jetski le plus proche, lequel explosa sous le choc.

Ils n'eurent pas le temps de se réjouir, car un nouveau projectile passa par-dessus la proue et Jack tourna brusquement le volant vers la droite. Il se retrouva face à une vague de trois mètres qui engloutit entièrement le bateau.

La vedette pirate creva la surface liquide de l'autre côté, encore intacte par miracle.

Theodora jeta un coup d'œil par-dessus son épaule. Il restait deux *Venator*, si proches qu'elle distinguait le contour de leurs lunettes protectrices et les coutures argentées de leurs gants de cuir. Ils gardaient un visage impassible. Ils se fichaient que Jack et elle vivent ou non, qu'ils soient innocents ou coupables. Ils ne faisaient qu'obéir aux ordres, et leurs ordres étaient de faire mouche.

Une vague énorme les déséquilibra : le canot piqua du nez, presque jusqu'à la verticale, puis retomba violemment à l'horizontale. Ils étaient sur le point de chavirer. Ils n'avaient plus de flèches. Ils n'avaient plus le choix.

Il va falloir abandonner le navire. On ira plus vite à la nage, dit mentalement Theodora. Jack pensait la même chose, elle le savait. Mais il avait du mal à le formuler. Car partir à la nage, c'était se séparer. *Ne t'inquiète pas. Je suis forte. Comme toi.* Elle échangea avec son amour un sourire ironique.

Jack serrait les dents, les mains crispées sur le volant. *Tu es sûre ?*

On se retrouve à Gênes, répondit-elle. La ville côtière la plus proche. À cinquante kilomètres au nord.

Il acquiesça et fit apparaître une image dans sa tête, pour lui montrer que lui aussi connaissait la ville. Un port animé entouré de montagnes, des bateaux colorés en tout genre au mouillage. De là, ils pourraient rejoindre Florence à pied, à travers la campagne rocailleuse.

Nage le plus loin possible, lui communiqua Jack. *Moi, je dirige le bateau contre les derniers Jetskis.*

Il soutint son regard un instant. Elle hocha la tête.

À trois.

J'en suis capable, pensa Theodora. *Je sais que je reverrai Jack. J'y crois.*

Ils n'avaient pas le temps pour un dernier baiser ni pour la moindre dernière parole. Elle sentit Jack compter plus qu'elle ne l'entendit, et son corps exécuta les ordres avant que sa tête n'ait eu le temps de les enregistrer. À « trois », elle plongeait déjà du bordage, s'enfonçait déjà dans les eaux profondes et noires, battait déjà des jambes contre le courant, mesurait déjà son souffle. Étant vampire, elle pouvait nager sous l'eau plus longtemps que les humains... mais elle devrait faire attention à ne pas gaspiller son énergie.

En surface, elle entendit un craquement écœurant au moment où la vedette pirate entrait en collision avec leurs ennemis. La mer était d'un noir d'encre, mais les yeux de Theodora s'accoutumèrent peu à peu à l'obscurité. Elle repoussait l'eau de ses mains, encore et encore, luttant de tous ses muscles endoloris contre la masse liquide. Elle regardait les bulles monter à la surface. Elle pouvait se passer d'air pendant cinq minutes, et avait intérêt à en tirer avantage. Enfin, les poumons en manque d'oxygène, elle remonta progressivement... son seul désir était de respirer... si proche... si proche... oui... encore un coup de pied et elle crèverait la surface... oui...

Une main osseuse et froide lui agrippa la cheville, l'entrava, la tira vers le fond.

Theodora se tortilla et lança des ruades. Elle se tordit pour voir qui la retenait. Sous elle, une *Venator* de sexe féminin évoluait sans effort apparent dans les eaux sombres. Avec un regard indifférent, elle continuait de tirer. *Tu es sous la protection de la comtesse. Nier cette protection est un acte hostile à l'Assemblée. Soumets-toi ou tu seras détruite.*

La main tenait solidement sa cheville. Theodora se voyait faiblir... Si elle ne respirait pas, elle perdrait bientôt connaissance. Ses poumons étaient, lui semblait-il, sur le point d'exploser. La tête lui tournait, elle commençait à paniquer. *Arrête*, s'exhorta-t-elle. Il était capital qu'elle garde son sang-froid.

Le *Glom*. Utiliser le *Glom*. LÂCHE-MOI, exigea-t-elle en envoyant une compulsion si puissante qu'elle sentit les mots prendre une forme physique, comme si chaque lettre allait s'enfoncer dans le cervelet de la *Venator*. La main qui lui tenait la cheville trembla légèrement.

Il ne lui en fallait pas davantage. Elle se dégagea brutalement, juste au moment où son adversaire lui adressait une compulsion de son cru. Theodora l'évita de justesse et la renvoya décuplée.

COULE !

La compulsion était un coup de poing dans le ventre, et la *Venator* fut précipitée dans les profondeurs, comme si elle avait un boulet attaché à la cheville. Elle serait entraînée tout au fond de l'océan ; Theodora espérait que cela lui laisserait le temps de fuir.

Elle poussa sur ses bras, se hissa vers les vagues et se retrouva enfin à l'air libre, pantelante. La pluie, froide comme les doigts d'un cadavre, lui fouettait les joues. Elle risqua un regard en arrière.

Leur petit canot à moteur était en flammes. Des étincelles noires montaient vers les cieux.

Jack s'en est sorti, se dit-elle. *Bien sûr qu'il s'en est sorti. Il n'y a pas le choix.*

À quelques mètres, Theodora voyait un autre scooter des mers tourner autour de l'épave en feu. Elle se demanda pourquoi ce *Venator*-là ne s'était pas lancé à la poursuite de Jack. À moins... à moins qu'il ne soit déjà...

Elle ne put achever cette pensée.

Pas question.

Elle plongea la tête sous l'eau. Le port de Gênes. Elle se mit à nager.

QUATRE

Bois flotté

Autour de Theodora, tout était noir. Au-dessus et au-dessous d'elle aussi. Sous l'eau, elle avançait plus vite ; elle se mit donc à nager en profondeur, sur des périodes de plus en plus longues. Theodora luttait contre le courant, ballottée par la houle. Elle se sentait aussi insignifiante qu'une épave, un débris parmi d'autres, perdu dans la marée. Il lui fallait lutter contre le désir de renoncer, de cesser de nager, fermer les yeux, se reposer et se noyer.

La tempête connut une accalmie et Theodora, remontée à la surface, vit la cité qui s'élevait au-dessus de l'eau : ses gais bâtiments aux couleurs pastel n'étaient qu'à quelques centaines de mètres. Le soleil de la mi-journée dardait ses rayons sur les jolis cafés du port. Les touristes s'en étaient allés et l'air était vif, si bien que les tables en terrasse étaient désertées.

Theodora battait furieusement des bras et des jambes pour garder la tête au-dessus de l'eau. Comme elle était fatiguée ! Même si près du but, elle n'était pas sûre de s'en tirer.

C'était le problème de la vitesse *Velox*, Lawrence le lui avait bien dit. On commence à se croire doté de pouvoirs surnaturels, mais le *Velox* exige du repos, et il le prend, qu'on le veuille ou non. Son grand-père lui avait parlé de vampires qui avaient atteint leurs limites et s'étaient effondrés au moment crucial. Les sang-d'argent n'avaient alors plus qu'à les cueillir.

Il ne lui restait plus une goutte d'énergie ; elle était incapable de se propulser sur les derniers mètres... C'était le supplice de Tantale.

Elle se sentait aussi faible que du plancton. Toute force avait déserté son corps. Elle avait parcouru une quarantaine de kilomètres en une demi-heure, mais ce n'était pas suffisant pour la porter jusqu'à la plage, si proche pourtant. Elle recracha un peu d'eau salée et dégagea sa frange de ses yeux en barbotant mollement. Ses muscles étaient déchirés, usés. Elle ne ferait pas une brasse de plus...

Elle eut une idée... Elle ne pouvait plus se propulser en avant, mais au moins elle pouvait faire la planche... Il lui suffisait de s'allonger et de laisser les vagues s'occuper du reste. La perspective de rentrer au port en dos crawlé lui parut incroyablement ironique après l'intensité de son évasion. En tout cas, elle avait le choix : flotter ou couler. Comme elle l'avait espéré, le mouvement lent et régulier de la nage sur le dos ne demandait que le peu d'énergie qu'elle pouvait encore fournir.

Quelques minutes après avoir adopté un rythme tranquille, elle sentit l'eau vibrer autour d'elle et reconnut le bourdonnement d'un moteur de Jetski. L'espace d'un instant, elle fut envahie par la peur ; elle se redressa d'un coup, regarda tout autour d'elle, et vit ce qu'elle cherchait. Un véhicule qu'elle connaissait, marqué de la redoutable croix noir et argent, se rapprochait rapidement. Mais ce n'était pas un *Venator* qui le pilotait.

Theodora parvint à se hausser dans les vagues. « GHEDI ! GHEDI ! » Elle ne comprenait absolument pas comment le pirate s'était retrouvé là, mais pour l'instant, elle s'en moquait royalement. Tout ce qu'elle savait, c'était qu'il fallait attirer son attention avant qu'il ne soit trop loin.

Il ne l'entendait pas, et le scooter des mers s'éloignait de plus en plus.

GHEDI. FAIS DEMI-TOUR. C'EST UN ORDRE.

Le Jetski décrivit une courbe élégante et, en un instant, vint s'arrêter à côté d'elle dans un rugissement de moteur.

– *Signorina !* Vous voilà ! dit-il, le visage fendu d'un large sourire.

Elle se hissa à ses côtés, heureuse de sortir enfin de l'eau.

– Que fais-tu là ? Où est Jack ?

Ghedi secoua la tête. Après leur avoir fait ses adieux, aux Cinq Terres, il avait vu les *Venator* les prendre en chasse. Il avait tenté de leur envoyer un avertissement par radio, mais l'orage brouillait le signal satellite. Il avait alors emprunté un bateau à moteur et avait trouvé l'épave de la vedette. (« Une fumée noire, très noire. Mauvais signe. ») Pas de Jack en vue : Ghedi avait pris un Jetski abandonné, sans doute celui de la *Venator* qui avait poursuivi Theodora, et qui devait encore être en train d'essayer de regagner la surface.

Mais alors, si Ghedi était là avec ce scooter, où était l'autre, celui du second *Venator* ? se demanda Theodora. Et surtout, où était Jack ?

Ils arpentèrent la côte pendant plusieurs heures. La nuit n'allait pas tarder à tomber. *Jack devrait être arrivé*, pensait Theodora. Un vampire aussi rapide que lui aurait dû couvrir la distance en quelques dizaines de minutes. Elle y était bien arrivée, elle ! Et il était bien meilleur nageur. Theodora déposa Ghedi au port et continua seule sur le Jetski. Son nouvel ami commençait à montrer des signes de lassitude. Elle ne pouvait pas exiger de lui qu'il l'accompagne dans ce qui ressemblait de plus en plus à de vaines recherches.

Le soleil tomba derrière l'horizon, et les lumières de la ville prirent un air de fête sur fond de ciel pourpre. De la musique sortait des restaurants et des cafés du port. Le froid était piquant, et le vent indiquait que la tempête n'allait pas tarder à reprendre ; ce calme n'était que momentané.

Theodora n'avait plus beaucoup d'essence, mais elle effectua une dernière ronde. La veille au soir, Jack et elle s'étaient fait une promesse. Quoi qu'il arrivât aujourd'hui, ils s'étaient juré de ne pas s'attendre s'ils étaient séparés. Le voyage devait se poursuivre, qu'il fût mené par l'un ou par l'autre. L'important était de perpétuer l'héritage de Lawrence.

OK, Jack, pensa-t-elle. *C'est le moment. Tu as intérêt à te montrer, sinon je m'en vais.*

Elle ne voulait pas penser à ce que cela signifiait, de le quitter. L'idée d'être seule la terrifiait, à présent qu'elle connaissait la compagnie de Jack. Mais il aurait voulu qu'elle continue. Il aurait voulu qu'elle le laisse, qu'elle avance sans lui. Elle avait déjà perdu assez de temps.

Elle allait demander à Ghedi de l'aider à gagner Florence, où se trouvait la porte de la Promesse, d'après ce que croyait Lawrence ; elle franchirait la montagne à pied, comme prévu. Pas de train, pas de petites *pensione*, pas de voitures de location, rien qui puisse laisser une trace. Jack la retrouverait plus tard... peut-être...

Theodora s'efforçait de ne pas trop y penser. Elle était engourdie par le froid et par ce qui l'attendait. L'énormité de sa mission l'écrasait. Comment pouvait-elle poursuivre seule sans savoir ce qu'il était devenu, sans savoir s'il était mort ou vif ?

Enfin, elle aperçut quelque chose. On aurait dit du bois flotté, mais son regard fut attiré par un détail. Elle s'en approcha, nouée d'angoisse, et constata qu'en effet, c'était bien un débris de bois. Mais une main blanche s'y accrochait ; le reste du corps était submergé. Theodora s'arrêta à côté ; elle reconnaissait ces longs doigts fins, et son cœur battit la chamade tandis que le froid l'envahissait entièrement. La peur. Une peur atroce.

Jack ne peut pas mourir. Il ne peut pas mourir, mais il n'est pas invulnérable. Il était immortel, mais s'il était trop tard pour ranimer son enveloppe physique, elle devrait conserver son sang pour le prochain cycle. Le temps qu'il renaisse, elle serait à la fin du sien. Comment savoir s'il l'aimerait encore, alors ? Si même il se souviendrait d'elle ? Et d'ailleurs, où pouvait-elle porter son sang ? Ils étaient des vampires en cavale, des fugitifs.

Elle se baissa pour attraper la main de Jack, qu'elle détacha doucement de la branche. Bien que pétrifiée de froid, la main lui rendit son étreinte. Il était en vie ! En rassemblant toute sa force, elle hissa Jack hors de l'eau d'un mouvement fluide et rapide, et l'installa derrière elle sur le Jetski.

Il retomba contre elle, le corps glacé comme un iceberg, et elle sentit le poids de son immense fatigue contre son dos. Elle démarra dans le noir. C'est à peine s'il pouvait garder les bras autour de sa taille.

À une minute près, qui sait ce qu'il serait advenu de lui...
Qui sait ce qui serait arrivé... Qui sait...

Fais taire ces doutes, mon amour. Je savais que tu me retrouverais.

Theodora pilota le scooter des mers entre deux bateaux de pêche et l'amarra à côté de celui qui sentait le moins fort. Les embarcations étaient vides : la saison touristique étant terminée, leurs propriétaires ne reviendraient pas pêcher avant l'année suivante. Elle aida Jack à monter sur le pont et à entrer dans la petite cabine, qui abritait une banquette miteuse. Quelle ironie du sort ! Ils avaient commencé la journée en s'évadant d'un bateau, et la terminaient à bord d'un autre.

Elle débarrassa Jack de ses vêtements mouillés – chemise, pantalon, chaussures, chaussettes – et le couvrit d'une fine serviette de toilette usée, trouvée dans un placard.

– Désolée. Ce n'est pas formidable, mais c'est tout ce qu'on a.

Theodora fouilla les lieux et trouva une petite lampe à alcool dans le coin cuisine. Elle l'alluma en regrettant qu'elle n'éclaire pas mieux, ou du moins qu'elle ne chauffe pas un peu. Il faisait presque aussi froid dans le bateau qu'à l'extérieur.

– Tu es bien installé ? demanda-t-elle à Jack.

Ce dernier fit oui de la tête, toujours incapable de parler, que ce fût en mots ou mentalement.

Elle lui tourna le dos pour se déshabiller elle-même, pudique, et se drapa également dans une serviette. La douche fonctionnait : il devait rester quelques litres d'eau de la dernière campagne de pêche. Theodora était ravie de pouvoir se laver d'une si longue journée. Elle était également soulagée que l'embarcation contienne quelques vêtements secs : marinières et shorts de bain. Il faudrait s'en contenter.

Une fois douchée et rhabillée, elle soutint Jack pour qu'il descende les quelques marches qui menaient au cabinet de toilette et ferma la porte derrière lui.

Le tonnerre roulait au loin. Bientôt il pleuvrait encore. Le vent hurlait et fouettait les hublots. Theodora vérifia que le verrou de la porte tenait bien.

Quand Jack sortit de la douche en clopinant, elle constata avec joie qu'il avait un peu meilleure mine. La couleur était revenue dans ses joues. Il prit une couverture sur la banquette et se lova dedans.

– Viens par ici, chuchota-t-il en ouvrant les bras pour qu'elle puisse se blottir contre lui, le dos contre son torse.

Elle sentait qu'il commençait à se détendre, et elle serra les bras du garçon autour d'elle en lui massant les mains jusqu'à ce qu'elles soient réchauffées.

D'une voix très douce, Jack lui raconta ce qu'il lui était arrivé. Il était resté sur la vedette un instant de plus pour donner une longueur d'avance à Theodora. Il avait dirigé leur bateau droit sur les Jetskis. Mais les *Venator* en avaient profité pour sauter à bord et il avait dû les combattre. L'un s'était échappé : la femme qui avait poursuivi Theodora. Avec l'autre, ç'avait été un combat à mort.

– Comment ça ?

– Il avait une épée noire sur lui, dit lentement Jack en levant une main vers la lampe pour augmenter la flamme. J'ai dû m'en servir. C'était lui ou moi.

Il semblait si malheureux que Theodora posa une main protectrice sur son épaule. Jack baissa la tête.

45

– Tabris. Je le connaissais. C'était un ami. Il y a longtemps.

Jack appelait le *Venator* par son nom d'ange. Theodora retint son souffle. Elle se sentait coupable de tout. Toutes ces morts... c'était sa faute. C'était elle qui avait persuadé Jack d'aller chercher refuge auprès de la comtesse. C'était elle qui les avait amenés en Europe. Cette quête, c'était son héritage, pas celui de Jack. Elle s'était déchargée de ses responsabilités en les posant sur ses épaules. C'était elle qui avait planifié leur évasion, et elle n'avait voulu faire de mal à personne. Elle n'avait jamais imaginé que la comtesse irait si loin. L'épée noire, bon sang ! Si Jack n'avait pas vaincu le *Venator*, c'est sa vie éternelle qui aurait pris fin.

Il l'attira tout contre lui et chuchota farouchement dans son oreille.

– Il n'y avait pas d'autre issue. Je lui ai laissé le choix. Il a choisi la mort. La mort nous emportera tous, tôt ou tard.

Il appuya sa tête contre la sienne, et elle sentit les veines palpiter sous sa peau.

« La mort nous emportera tous » ? Jack était bien placé pour savoir que c'était faux. Les sang-bleu survivaient depuis des siècles. Theodora se demanda s'il pensait à Mimi – Azraël – à cet instant. « La mort nous emportera tous. » Emporterait-elle Jack ? Mimi exercerait-elle son droit à le faire brûler vif et à éteindre à jamais son esprit ?

Theodora s'inquiétait moins de sa propre mortalité que de celle de Jack. S'il mourait, sa vie n'avait plus de sens. *Pitié, mon Dieu, non. Pas encore. Donnez-nous encore du temps. Ce bref sursis que nous avons ensemble, faites qu'il dure le plus longtemps possible.*

CINQ

Pain frais

Theodora s'était endormie dans les bras de Jack lorsqu'un bruissement la réveilla. Elle battit des paupières. La flamme de la lampe vacillait toujours, mais la pluie avait cessé. Le seul bruit audible était le clapotis des vagues contre la coque. Jack posa un doigt sur ses lèvres. *Silence. Il y a quelqu'un.*

– *Signorina ?*

Une silhouette sombre se tenait sur le seuil.

Avant que Theodora n'ait pu répondre, Jack avait bondi de son siège et tenait Ghedi à la gorge.

– Jack ! Qu'est-ce que tu fais ? C'est Ghedi... il m'a aidée ! C'est lui qui m'a sortie de l'eau, Jack ! Lâche-le !

La peau noire de Ghedi avait viré au gris. Il tenait dans ses mains un panier qui tremblait légèrement.

– Patron... protesta-t-il. J'apporte à manger. Du pain. Un repas.

– Tu es bien serviable, humain, répondit froidement Jack. Un peu trop pour être honnête. Avoue, qui est ton véritable maître ?

Theodora sentit l'indignation lui brûler les joues.

– Jack, enfin ! C'est ridicule !

– J'arrêterai quand il me dira qui il est réellement et pour qui il travaille. Un pirate somalien n'aurait rien à faire de deux jeunes Américains, surtout une fois payé. Pourquoi nous as-tu suivis ? Tu es un larbin de la comtesse, c'est ça ?

Ghedi secoua la tête, puis les regarda droit dans les yeux.

– N'ayez crainte, mes amis, je suis un ami du professeur.

Theodora s'étonna d'entendre le Somalien s'exprimer dans un anglais parfait, où l'on n'entendait plus trace des intonations africaines qu'il affectait auparavant.

– Du professeur ? répéta Jack en desserrant légèrement sa poigne.

– Le professeur Lawrence Van Alen, bien sûr.

– Tu as connu mon grand-père ? demanda Theodora. Pourquoi ne pas l'avoir dit plus tôt, au marché ?

Ghedi ne répondit pas. Il plongea la main dans son panier et en sortit des sacs de farine, du sel et quelques sardines.

– D'abord, il faut manger. Je sais que vous n'en avez pas besoin pour vivre, mais je vous en prie, pour l'amitié, partageons un repas avant de discuter.

– Minute, intervint Jack. Tu cites le nom de nos amis, mais qu'est-ce qui nous garantit que tu es notre ami, toi ? Lawrence Van Alen avait autant d'opposants que d'alliés.

– Tout cela est vrai. Pourtant, il n'y a rien que je puisse vous dire ou vous montrer pour prouver ma bonne foi. Vous devrez décider vous-mêmes si je suis sincère. Je n'ai ni marque, ni papiers, ni rien qui puisse confirmer mes dires. Vous n'avez que ma parole. Vous devrez vous fier à votre jugement.

Jack regarda Theodora. *Qu'en penses-tu ?*

48

Je ne sais pas. Tu as raison d'être prudent. Mais je sens, dans mon cœur, que c'est un ami. C'est mon seul argument. Une intuition.

L'instinct, il n'y a que ça, au bout du compte. L'instinct et la chance, conclut Jack.

– Nous allons te faire confiance pour ce soir, Ghedi, déclara-t-il tout haut. Tu as raison, tu as besoin de manger, et elle aussi. Je t'en prie...

Il le lâcha et lui fit signe de s'approcher de la lampe.

Ghedi aplatissait des boules de pâte pour ses *injera*[1] en sifflotant dans le petit coin cuisine. Il trouva un poêlon en fonte et alluma l'un des brûleurs à gaz. Sur l'autre, il fit griller quelques sardines directement à la flamme. En quelques minutes, les galettes de pain se mirent à lever et à gonfler. Le poisson, lui, commençait à fumer. Quand ce fut prêt, Ghedi sortit trois assiettes.

Le pain était un peu aigre et spongieux, mais Theodora n'avait jamais rien mangé de si savoureux. Elle ne s'était même pas rendu compte qu'elle était affamée avant que l'arôme frais et délicieux ne se mette à emplir la pièce. Elle mourait de faim, même. Le poisson était délectable, et avec quelques tomates fraîches dénichées par Ghedi, le repas était parfait. Jack prit une ou deux sardines par politesse. Mais Theodora et Ghedi dévorèrent comme si c'était leur dernier repas.

Donc, ce n'était pas une coïncidence s'ils avaient rencontré Ghedi au marché, pensa Theodora en observant leur nouveau

---

1. Galettes traditionnelles éthiopiennes et érythréennes. (Toutes les notes sont de la traductrice.)

compagnon tout en sauçant son *ghee*[1] dans son assiette. À bien y repenser, elle se rappelait maintenant que c'était le pirate qui les avait abordés. Et même, elle croyait se souvenir qu'il avait eu l'air de les attendre. Il les avait quasiment pris en embuscade lorsqu'ils étaient passés devant lui, en leur demandant s'il pouvait leur rendre service d'une manière ou d'une autre. Extrêmement persuasif, il avait réussi à soutirer à Theodora tous les détails sur leur captivité. C'est ainsi qu'ils avaient fini par convenir qu'il leur fournirait un bateau à moteur.

Mais qui était Ghedi, au fond ? Et comment avait-il connu Lawrence ?

– Je sais que vous avez beaucoup de questions à me poser, leur dit le Somalien. Mais il est tard. Et nous devons tous nous reposer. Demain, je reviendrai vous raconter ce que je sais.

---

1. Beurre clarifié (c'est-à-dire liquide).

Six

Les orphelins

J'avais six ans quand ma mère a été enlevée, leur raconta Ghedi le lendemain matin pendant le petit déjeuner (espresso et pain frais sortis d'un sac en papier brun).

Theodora haussa les sourcils, intéressée, tandis que Jack restait morose. Ils l'écoutaient en sirotant leur café. Dehors, les mouettes saluaient le soleil levant à grands cris lugubres. Les propriétaires du bateau avaient beau être loin, Jack et Theodora souhaitaient s'en aller dès que possible.

– Les pillards n'étaient jamais venus si près de la côte, mais nous avions entendu parler d'eux dans les villages des alentours. Ils prenaient toujours des femmes... les plus jeunes, en général. (Ghedi haussa les épaules comme pour s'excuser.) D'après ce qu'on m'a raconté, ma mère puisait de l'eau à la rivière quand ils l'ont emmenée. Elle était très belle, ma mère. À son retour, elle n'était plus la même. (Il secoua la tête avec un regard dur.) Elle avait... changé. Et son ventre, il était gros.

– Elle a été violée ? demanda doucement Theodora.

– Oui et non... Elle ne se souvenait pas de violences. Elle ne se souvenait de rien, en fait. Mon père était mort à la guerre, un an plus tôt. Quand le bébé est arrivé, il a pris la vie de ma mère avec lui. Aucun des deux n'a survécu. Il ne restait que moi. Mon oncle m'a emmené chez les pères missionnaires qui tenaient un orphelinat à Berbera. C'était plein de garçons perdus comme moi : des orphelins de guerre, des fils privés de leur mère. Un jour, le père Baldessare est venu.

– Baldessare, tu dis ? s'étonna Theodora. Nous le cherchons, nous aussi.

En partant de New York, elle avait emporté avec elle les notes de Lawrence. Ces papiers mentionnaient un certain père Baldessare en conjonction avec la porte de la Promesse, et trouver le prêtre semblait être un bon point de départ.

Ghedi s'expliqua.

– Le père Baldessare dirigeait la mission pétruvienne. Il était très gentil, et il a choisi plusieurs garçons pour les ramener en Italie et les envoyer dans son école de Florence. J'étais un de ces garçons. Au début, je ne voulais pas partir. J'avais peur. Mais l'école m'a plu. Et j'aimais bien le père Baldessare. Il nous a enseigné l'anglais et a envoyé la plupart des garçons vivre une nouvelle vie en Amérique. Je pensais que j'irais là-bas, moi aussi. Quelque part dans le Kansas ! Dans une petite université locale... (Il eut un sourire contrit et frotta son crâne rasé.) Un jour, après les cours, le père Baldessare m'a pris à part. J'avais onze ans : il trouvait que c'était suffisant pour que je les aide dans leur vraie mission. Il m'a révélé qu'il était porteur d'un puissant secret. L'Ordre pétruvien n'était pas une congrégation ordinaire : ses membres étaient les gardiens d'un lieu sacré.

» Il y a deux ans, à l'époque où j'ai officiellement été ordonné prêtre, le père Baldessare a reçu une lettre d'un certain professeur Lawrence Van Alen, qui sollicitait une audience. Ce professeur semblait en savoir long sur notre travail, et le père Baldessare pensait qu'il pourrait nous aider dans notre mission. Des phénomènes inexplicables commençaient à se produire, de mauvais présages qui l'inquiétaient. Nous nous sommes préparés pour cette entrevue, mais le professeur n'est jamais arrivé, et le père a commencé à s'agiter. Il se faisait beaucoup de souci. Il faut dire qu'il était gravement malade ; on lui avait diagnostiqué un cancer l'année précédente et il savait qu'il ne lui restait pas longtemps à vivre. Et puis l'an dernier, sans prévenir, Christopher Anderson est venu nous voir.

» Il nous a révélé que le professeur – dont il était l'Intermédiaire – était mort, mais que son héritage vivait en la personne de sa petite-fille, et que ce serait elle qui nous aiderait. Il nous a montré ta photo, Theodora. Il nous a dit de te guetter, et de t'aider quand tu passerais par chez nous. Depuis, nous t'avons attendue, surtout lorsque nous avons appris que tu avais quitté New York. Bien sûr, nous étions loin de nous douter que tu étais retenue prisonnière par la comtesse. Ça, c'est une chose que nous n'avions pas prévue.

Ghedi s'essuya le front avec un mouchoir.

– Le père Baldessare ne pouvait plus attendre. Son impression que quelque chose n'allait pas ne faisait qu'augmenter, disait-il. Alors il m'a demandé d'aller te chercher et de te ramener au monastère. Je vous fais toutes mes excuses pour ne pas m'être présenté plus tôt, mais je ne voulais pas vous approcher en tant que Pétruvien tant que vous n'étiez pas débarrassés de vos geôliers.

– Et où est le père Baldessare en ce moment ? s'enquit Theodora.

À ces mots, les traits de Ghedi changèrent encore. Il avait l'air très las, à présent.

– J'ai la douleur de vous apprendre que le père est décédé.

– Quand ?

Theodora était abasourdie. Approcher si près du but, pour se retrouver dans une impasse en arrivant ! Jack continuait d'observer attentivement Ghedi. Il ne quittait pas des yeux le visage de leur nouvel ami.

– Il y a quinze jours, en mission en Afrique. Ils se sont tous fait enlever et massacrer par des pillards. Je me suis évadé en rejoignant les « Marines somaliens » pendant un petit moment. Mais ne vous inquiétez pas : je suis un prêtre, pas un pirate. Dès l'instant où j'ai pu rentrer en Europe, j'ai recommencé à te chercher.

– Tu l'as trouvée, intervint sèchement Jack. Et maintenant ?

– Tu vas nous emmener à la porte de la Promesse, n'est-ce pas, Ghedi ? le pressa Theodora en jetant son gobelet à la poubelle, émerveillée une nouvelle fois par la justesse des intuitions de Lawrence. À présent que le père Baldessare n'est plus...

Ghedi acquiesça.

– Je suis un des gardiens de la porte. Et je t'emmènerai à Florence. C'est bien là que tu vas, n'est-ce pas ?

SEPT

La piste

Theodora calcula qu'en passant par la montagne, il leur faudrait un peu plus d'une semaine pour gagner Florence, à cent soixante kilomètres de là. Ghedi les accompagnerait jusqu'à Sarzana, puis prendrait le train pour préparer leur arrivée et les retrouver en ville. Jack décida que pendant ce temps, ils se tiendraient à l'écart des grandes routes et passeraient par les sentiers de montagne. C'était plus sûr ainsi ; les collines escarpées étaient désertes à cette époque de l'année. On risquait moins de tomber nez à nez avec un espion ou un homme de main de la comtesse. Le camping étant interdit en montagne, ils allaient devoir prendre soin d'éviter les randonneurs et les gardes forestiers.

Rien n'avait été dit de plus sur les révélations de Ghedi, car les préparatifs du voyage avaient mobilisé toute leur attention. Mais en emballant machinalement ses affaires, Theodora continua de réfléchir à la tournure que prenaient les événements, à la rapidité avec laquelle tout se résolvait. Le gardien de la porte les cherchait autant qu'ils le cherchaient eux-mêmes. C'était presque trop facile.

Et encore : le plus déroutant était une question sur laquelle Jack et elle ne s'étaient même pas encore penchés. Ghedi se présentait comme un gardien de la porte. Il y avait juste un hic. Ghedi était humain. Il était donc parfaitement impossible qu'il soit ce qu'il prétendait être. Impossible, car seul un vampire sang-bleu, un ange déchu, pouvait garder une des portes de l'enfer.

Et pourtant, je ne pense pas qu'il mente, dit mentalement Theodora.

Je suis d'accord avec toi. Il se prend sincèrement pour un gardien de la porte, ce qui est encore plus troublant, lui répondit Jack. *On verra ça plus tard. Pour l'instant, il faut partir d'ici le plus rapidement possible.*

Tous trois se rendirent en ville pour faire des courses, en prenant soin de n'acheter que ce qu'ils pouvaient porter sur leur dos, et surtout rien de superflu. Avant de quitter New York, Jack avait viré de l'argent sur plusieurs comptes secrets à l'étranger dont le Comité ignorait l'existence. Il alla acheter du matériel de camping pendant que Theodora et Ghedi se rendaient au marché pour faire des provisions : encore de la farine, du riz, du café, des œufs, de la soupe en boîte. La marchande italienne toisa la peau noire de Ghedi et l'accoutrement de Theodora d'un œil suspicieux, mais elle s'adoucit lorsque la jeune fille sortit une énorme liasse d'euros.

Theodora s'interrogeait sur son nouvel appétit. Elle dévorait, et c'était une faim qui ne pouvait être comblée que par un bon repas. Elle n'avait pas pris de sang depuis son départ de New York. Jack l'avait pressée de se livrer à la *Caerimonia* sur des humains, mais elle n'en éprouvait pas le besoin. D'ailleurs, pour tout dire, elle se sentait plus forte et plus lucide sans le sang. Elle avait bien l'intention de l'éviter tant qu'elle le pourrait. D'une certaine manière, cela lui paraissait mal de partager quelque chose d'aussi intime avec quelqu'un qui ne serait pas son amour. Avec Oliver, bien sûr, c'était différent. Elle avait encore du mal à penser à son meilleur ami et ancien familier. Son cœur avait guéri, mais leur amitié lui manquait.

– Je suis désolée pour ta mère, Ghedi, dit-elle pendant qu'ils s'en allaient retrouver Jack au bateau. Nous le sommes tous les deux.

– Ça va. Elle est morte, à présent. C'est mieux comme ça.

– Ne dis pas ça.

– C'est la vérité. Maintenant, elle est en paix.

– Et le père Baldessare aussi, ajouta Theodora. Vous deviez être très proches, j'imagine.

– Il était ma seule famille. Il m'a tout appris. Mais ça va, *signorina*. Dans mon pays, j'ai vu bien pire. J'ai eu beaucoup de chance d'être choisi par les missionnaires.

Il sourit.

C'était incroyable de se considérer comme chanceux quand on avait survécu à la double tragédie de la guerre et du deuil, songea Theodora. Qu'il leur dise la vérité ou qu'il soit simplement dans l'erreur, ou mal informé sur ce qu'il était, c'était quelqu'un de bien, elle le sentait. Elle admirait beaucoup son humour et son optimisme, et s'en voulait d'être constamment anxieuse et stressée. Ghedi avait tout perdu, plusieurs fois dans sa vie. Sa maison était un tas de ruines, toute sa famille était morte, son mentor s'était fait assassiner. Et pourtant il avançait d'un pas léger, le sourire aux lèvres.

Alors qu'elle, qui avait tout – car Jack était tout pour elle –,

elle se plaignait sans cesse de ne pas savoir combien de temps cela durerait. *Au lieu de craindre l'avenir, je devrais apprécier l'instant présent*, songea-t-elle.

À leur arrivée au bateau, Jack était en train de fermer la cabine. Il avait plié les couvertures, rempli la lampe à pétrole, et s'était assuré que le petit bateau de pêche n'avait pas souffert de leur visite.

Merci de nous avoir abrités, pensa Theodora en posant une main sur la paroi. *Que ta pêche soit abondante.* Elle prit un des sacs à dos que Jack avait laissés sur le pont et commença à le garnir : les provisions, une fine couverture de survie, les dossiers cornés du Sanctuaire qu'elle conservait dans une enveloppe étanche.

Theodora hissa son sac sur ses épaules et vacilla un peu sous le poids avant de retrouver l'équilibre.

– C'est lourd ? s'enquit Jack. Je peux en prendre plus.

Il portait déjà les tentes et l'essentiel du matériel.

– Non, ça va.

Ghedi se redressa, lui aussi.

– Prêts ?

Ils s'en tinrent à la route pavée qui sortait de la ville pour rejoindre le sentier de montagne ; cette route était à peu près déserte, hormis le passage d'une voiture de temps en temps. Après quelques kilomètres, Jack les entraîna à l'écart, dans la forêt. Theodora se félicitait d'avoir acheté une veste bien chaude en ville, ainsi que de grosses chaussettes et des chaussures de marche. Elle s'étonnait aussi de voir combien sa vie avait changé.

58

Dire qu'il n'y avait pas si longtemps, elle rêvassait dans une salle de classe, perdue dans un monde qu'elle s'était fabriqué, vivant comme si elle dormait à moitié, fleur des champs dans le fossé, jeune fille privée de voix ! Puis, l'an dernier, Oliver et elle s'étaient embarqués dans ce tour du monde haletant, angoissant, guidés par un seul instinct : fuir le plus loin et le plus vite possible. Elle comprit pourquoi il y avait eu tant d'alertes avec les *Venator*, qui patrouillaient surtout en zone urbaine. Tous deux étaient restés sur leur terrain.

Mais pas en forêt, lui avait expliqué Jack. Pas en pleine nature. Ici, ils étaient à l'abri.

Pendant quinze ans, Theodora n'était presque jamais sortie de New York. Quel changement avait opéré la transformation ! Non seulement elle avait vu le vaste monde, mais voilà qu'elle randonnait dans les montagnes d'Italie. Elle contempla Jack, qui perçut son regard.

Ça va ? lui envoya-t-il.

– C'est une aventure.

Elle sourit. C'était euphorisant d'être de nouveau entre eux, libérés de la comtesse. *Chaque jour passé avec toi est une nouvelle aventure.*

Jack sourit et continua d'avancer, ouvrant un chemin avec son bâton de marche, écartant les branches mortes et signalant les rochers glissants.

Pour un humain, Ghedi faisait montre d'une endurance monumentale, mais même lui était fatigué après toute une journée d'ascension. Ils arrivèrent sur un plateau, près du sommet du Monte Rosa, et s'arrêtèrent pour admirer la vue

sur la côte en contrebas. Ils avaient bien avancé. Le lendemain, s'ils gardaient ce rythme, ils seraient à Pontremoli vers
minuit.

Ils décidèrent de faire halte pour la soirée. Il y avait un torrent pas trop loin où ils pourraient remplir leurs gourdes, et
le sol était bien sec. Ghedi choisit de s'installer un peu à
l'écart pour préserver leur intimité. Theodora posa son sac à
dos et aida Jack à monter la tente. Ils travaillaient sans un
mot, en équipe. Une fois la tente solidement fixée, Theodora
proposa d'aller chercher de l'eau pour le dîner. Elle la versa
dans la bouilloire, qu'elle posa sur le feu allumé par Jack.

– Il faut qu'on lui pose la question, déclara-t-elle en
s'asseyant devant les flammes. C'est tout simplement impossible, à moins qu'il n'ait été l'Intermédiaire de Baldessare.
Mais je ne pense pas.

Jack promit d'aborder le sujet et, quand Ghedi vint les
rejoindre autour du feu, il laissa leur ami se réchauffer un
peu avant de l'interroger.

– Dis-moi, Ghedi, commença-t-il d'une voix amicale.
Comment se fait-il qu'un des lieux les plus importants de
notre histoire se retrouve sous la garde d'un prêtre de moins
de vingt ans ?

Jack retira sa chaussure et la secoua pour en faire tomber
quelques cailloux, puis étendit ses longues jambes devant les
flammes. Il avait pris un air détaché, mais Theodora eut peur
un instant qu'il ne lui saute de nouveau à la gorge.

– Que sont devenus les vampires qui gardaient le site, vous
voulez dire ? (Le regard du Somalien se perd dans le loin-
tain.) Ils ne sont plus là.

– Tués ?

– Je ne sais pas. Personne ne sait. Il y a longtemps qu'ils sont partis. Le père Baldessare m'a raconté que quand son ordre a repris les choses en main, il ne restait déjà plus que les Intermédiaires. Les gardiens d'origine avaient disparu depuis longtemps.

– Pris par des sang-d'argent ? demanda Theodora en regardant Jack.

Celui-ci secoua la tête.

– Non. Si les Croatan avaient pris possession de la porte, le monde tel que nous le connaissons n'existerait plus. Il a dû se passer autre chose.

– Tu nous as signalé que le père Baldessare avait des questions à poser à Lawrence, rappela Theodora à Ghedi. Je ne sais pas si je connais les réponses, mais je peux essayer de les trouver. C'est pour ça que nous sommes là.

– Oui. Nous avons beaucoup de choses à nous dire, mais c'est dangereux. Attendons plutôt d'être en sécurité au monastère pour parler. Les gardiens d'origine y ont placé des verrous.

Il lança des regards nerveux dans les bois alentour, craignant visiblement qu'ils ne soient épiés. Theodora comprit que même dans ce relatif isolement, on n'était jamais seul quand planait la menace des sang-d'argent.

– Ghedi a raison : n'en parlons plus jusque-là, conclut Jack en jetant un bâton dans le feu et en regardant les flammes danser autour.

Theodora était d'accord. Les paroles de Ghedi lui tournaient lentement dans la tête. Quelque chose la titillait dans ce qu'il avait dit. « Quand l'Ordre pétruvien a repris les choses en main, il ne restait que les Intermédiaires. »

– Mais alors, le père Baldessare, ce n'était pas... ce n'était pas un vampire non plus, articula-t-elle aussi lentement qu'elle absorbait l'information.

Elle n'en revenait toujours pas.

– Non. C'était un humain, comme moi.

– Et à quel moment son ordre a-t-il pris le contrôle ? demanda vivement Jack.

– Au cours du xve siècle.

Theodora échangea un regard inquiet avec Jack. Il y avait donc des siècles que des humains se chargeaient de garder une des portes de l'enfer. C'était très loin de ce qu'ils s'attendaient à trouver. Des gardiens humains ! Qu'est-ce que cela signifiait ? Et quelles questions ces Pétruviens avaient-ils à poser ? Qu'avaient-ils espéré apprendre de son grand-père ?

Ghedi leur souhaita une bonne nuit et se retira pour la soirée. Une fois qu'il fut parti, Theodora sortit de son sac les dossiers du Sanctuaire. Elle feuilleta les pages jaunies pour les relire.

– Je ne comprends pas, dit-elle en relevant le nez de ses papiers. Alcyon était une immortelle. Comme Lawrence, comme Kingsley, comme tous ceux qui ont été admis dans l'Ordre des Sept. Alors, comment le père Baldessare et les Pétruviens ont-ils pu devenir gardiens de la porte ? Il a dû se passer quelque chose au cours du xve siècle... mais quoi ?

Jack fronça les sourcils.

– La seule raison que je puisse imaginer serait le désespoir. Alcyon n'a pas dû avoir le choix. Sinon, pourquoi aurait-elle confié un travail de vampire à un groupe d'humains ?

Ils continuèrent à s'interroger. Theodora ne voulait plus

exprimer ses peurs à haute voix ni montrer à quel point leur dernière découverte la déstabilisait. Bien qu'elle fût elle-même à demi-humaine, elle savait combien la société sang-bleu était strictement fermée. Traditionnellement, les seuls humains à connaître l'existence des vampires étaient les familiers et les Intermédiaires. Les sang-rouge n'avaient pas accès au fonctionnement du monde de l'ombre. Ce que décrivait Ghedi était une transgression au plus haut niveau, un événement propre à bouleverser tout ce qu'elle savait et comprenait du Code des vampires. Mais alors, si le Code ne disait pas vrai, où était la vérité ?

Elle assura le premier tour de garde et embrassa Jack avant qu'il ne s'endorme. Puisqu'il n'avait pas pu la dissuader, il avait fini par accepter de se reposer.

Theodora frissonna légèrement, mais quelque chose lui dit que ce n'était pas le vent de la montagne. Depuis quatre siècles, des gardiens *humains* gardaient la porte de la Promesse. Elle était bien contente que le feu soit là. Il brûlait d'une flamme claire et bleue, stable et vraie, contre le vent.

L'homme de la citadelle

Florence, 1452

Le sang-d'argent risqua un regard dans leur direction ; immédiatement, l'inconnu au capuchon disparut.

– On est repérés. En avant ! les pressa Dre en courant vers leur proie.

Gio et Tomi surgirent de l'ombre en brandissant leurs épées dorées, et la poursuite reprit.

Ils suivirent le sang-d'argent dans les ruelles tortueuses, jusque dans la cathédrale, jusqu'au sommet du dôme inachevé de Brunelleschi, point culminant de Florence.

Le sang-d'argent évitait leurs coups avec une agilité et une force égales à la leur. Il était différent de tous ceux qu'ils avaient déjà rencontrés, mais au bout du compte, lui non plus ne pouvait rien contre les trois Venator armés. Acculé dans un coin, il gronda et montra les dents, conscient que le combat était perdu.

Dre leva son épée jusqu'à sa gorge ; il se préparait à porter le coup fatal lorsqu'une voix s'éleva dans l'escalier. Quelqu'un d'autre les avait suivis jusqu'au sommet.

– Incline-toi, Venator.

Pivotant sur eux-mêmes, ils virent approcher un inconnu encapuchonné. Dans le clair de lune, ils distinguèrent la robe et les chaînes d'or de la citadelle. Ses traits étaient toujours dissimulés par sa capuche, mais c'était bien l'humain avec lequel le sang-d'argent s'entretenait un peu plus tôt.

– Tu n'enverras pas cette créature en enfer, car elle y est déjà, déclara le sombre personnage, et sur un mouvement de sa main, le sang-d'argent disparut dans les flammes noires.

Tomi s'étrangla, abasourdie et désarçonnée, en comprenant que la créature qu'ils avaient poursuivie n'était ni un sang-d'argent ni un ange déchu des cieux, mais un démon de l'enfer en personne.

L'inconnu au capuchon chancela sur la corniche. Il leva un pied, l'avança dans le vide et plongea dans l'abîme du dôme inachevé. Sa robe, soulevée par le vent, révéla trois symboles noirs gravés dans la chair de son bras. L'un représentait une épée transperçant une étoile. La dernière fois que Tomi avait vu ce symbole, c'était sur le poignet de Lucifer, à Rome, à l'époque où le prince noir des sang-d'argent se faisait appeler Caligula.

Les trois Venator descendirent en courant dans la nef de la basilique, où ils trouvèrent le corps encapuchonné qui portait la marque de Lucifer.

Le sang-rouge était mort.

HUIT

Les fleurs sauvages

U n soleil délicieux avait beau entrer à flots dans la tente, Theodora se sentit glacée jusqu'aux os en se réveillant. Elle s'était si bien habituée à dormir contre le corps chaud de Jack qu'elle fut un peu décontenancée de ne pas le trouver auprès d'elle. Elle tâta le vide à côté d'elle. Son sac de couchage était encore tiède. Il n'était pas parti depuis longtemps.

Mon amour ?

Je ne suis pas loin, ne t'inquiète pas. Rendors-toi.

Elle reposa la tête et se rendormit en rêvant de prairies couvertes de fleurs sauvages.

Une heure plus tard, elle se leva et descendit jusqu'au torrent qu'ils avaient trouvé la veille. Toute sa vie, elle avait connu un certain confort, et c'était bizarre d'être en pleine nature, sans entraves, libérée des habitudes de la vie moderne.

Elle retira sa chemise et ses chaussures trempées, ne gardant que ses sous-vêtements. Elle allait laver ses habits dans le cours d'eau. N'ayant pas de savon, elle battit le tissu avec une pierre pour en extraire la saleté. Elle avait appris cela en regardant Hattie faire la lessive à la maison. Cordelia n'était pas une adepte du confort moderne.

Elle était absorbée par sa tâche lorsqu'elle sentit une présence derrière elle. Se retournant, elle vit Jack qui l'observait. Il souriait : le premier vrai sourire qu'elle voyait sur ses lèvres depuis New York. Cela n'avait pas été facile de profiter pleinement de la présence l'un de l'autre sous la surveillance étroite des *Venator* de la comtesse.

– Bonjour !

Elle sourit. Jack aussi s'était lavé, et ses cheveux brillaient au soleil. *Beau comme un dieu*, songea-t-elle. Était-ce un effet de son imagination, ou leur exil et leurs pérégrinations avaient-ils ajouté à son allure ? Chaque jour, il ressemblait un peu moins à un minet et un peu plus à l'antique guerrier céleste qu'il était en réalité.

– Je t'ai apporté quelque chose, dit-il en lui tendant un bouquet de violettes.

Elle en mit une dans ses cheveux. Même en pleine tourmente, il avait toujours des attentions pour elle.

– Merci.

Il l'entoura de ses bras, et ils se retrouvèrent bientôt allongés sur l'herbe. Elle glissa les mains sous sa chemise ; elle adorait la chaleur et la force de ce corps, elle aimait son étreinte puissante. Et pourtant, même s'ils étaient réunis, elle ne cessait jamais de s'inquiéter du temps qu'il leur restait...

Nous avons tout le temps.

Je n'en suis pas sûre. Et si... Elle s'en voulait d'être si soucieuse, mais c'était plus fort qu'elle.

Arrête. Ce qui doit arriver arrivera.

C'est vrai.

Ils étaient prêts à affronter toutes les conséquences que leur vaudrait la rupture du lien. La colère divine de Mimi. L'implacable dégénérescence qui affaiblirait Jack jusqu'à la paralysie. Ils relèveraient le défi.

Mais j'ai peur, dit-elle en silence.

Pas moi.

D'une certaine manière, leur mois de captivité n'avait pas été inutile : il leur avait permis d'exprimer leurs peurs et leurs espoirs pour l'avenir, et de tester les limites de leur vie de couple toute neuve. Ils avaient pu envisager non seulement la situation immédiate, mais le sombre destin qui les attendait. Theodora savait à quoi s'en tenir avec Jack. Et lui savait d'où elle venait. Elle ne s'était jamais sentie autant en sécurité de sa vie, n'avait jamais eu de certitude plus absolue que celle de la profondeur et de la force de son amour. Il était allé jusqu'en enfer pour la sauver, et elle lui avait fait don de son sang pour préserver sa vie.

Mais le lien...

Nous en fabriquerons un nouveau.

Tu ne regrettes jamais d'avoir abandonné le premier ? Theodora n'avait pas encore eu le courage de lui poser cette question, car elle redoutait la réponse. Elle n'avait jamais profité de leur proximité dans le *Glom* pour scruter ses souvenirs, pour voir s'il ne s'en voulait pas de son choix. Elle respectait sa vie privée, mais elle savait aussi que ce serait insupportable de découvrir qu'il se languissait toujours de sa jumelle. Elle en aurait péri de jalousie si elle avait appris cela.

Pas le moindre doute. Ce lien-ci, c'est un lien que nous choisissons de créer, pas un qui a été décidé pour nous. Je ne crois pas à un destin écrit d'avance. Je ne crois pas à l'amour prédéterminé.

– Il faut qu'on y retourne, chuchota Theodora.

Ils n'avaient pas le temps. Pas de temps pour l'amour ; pas de temps l'un pour l'autre.

– Pas encore, soupira Jack, les yeux toujours fermés, tandis que ses doigts tièdes traçaient une ligne le long de son ventre nu.

Theodora lui sourit avec indulgence et lui caressa la joue avec ses cheveux. Il attrapa une mèche et l'attira à lui de manière que leurs bouches se rencontrent de nouveau. Elle entrouvrit les lèvres sous la pression des siennes, et il glissa une main sous son soutien-gorge.

Elle se baissa vers lui tout en le chevauchant, puis il la retourna pour se retrouver couché sur elle. Sa gorge blanche était ouverte et exposée.

Il passa le doigt le long de son cou, et elle ferma les yeux. Elle attendait.

Elle le sentit embrasser sa mâchoire, puis sa gorge, plus bas, et elle l'attira contre elle.

Enfin il laissa ses dents glisser sur sa peau et, d'une poussée brusque, ses crocs entrèrent en elle.

Elle retint un cri étouffé. Il n'avait jamais osé y aller si fort, faire intrusion si loin dans son corps, et elle n'y était pas préparée, mais c'était merveilleux. Elle sentait sa force vitale se mêler à la sienne, sentait son cœur battre dans le sien : tous les deux ensemble, elle à sa merci. La tête lui tournait, elle se sentait comme droguée, et ses bras le serraient dans le dos pour l'attirer plus près, plus près.

Encore, pensa-t-elle. *Encore.*

En réponse, Jack la relâcha un instant, puis la mordit de nouveau. Cette fois, sous le baiser de ses crocs, la douceur per-

çante l'emplit d'une langueur à la fois douloureuse et déli-
cieuse.

Elle était son amour et son familier. Ils étaient attachés l'un
à l'autre de mille manières : de minuscules crochets invisibles
les liaient, quoi que puissent en dire les Cieux ou leurs anciens
résidents.

Neuf

L'embuscade

Quand Theodora entendit des pas approcher, il était presque midi. Le groupe qui se rapprochait d'eux pensait pouvoir les prendre par surprise, mais il se trompait. Elle garda les yeux fermés et la tête posée sur la poitrine de Jack. Elle les avait repérés à plusieurs centaines de mètres : des craquements de brindilles, des pas réguliers sur l'humus forestier, des conversations chuchotées.

Ne bouge pas, lui transmit Jack. *Voyons déjà ce qu'ils veulent.*

Theodora n'avait pas peur, mais elle était inquiète. Ce n'était pas un groupe de *Venator* qui venait vers eux, mais elle flairait la détresse et la peur, et elle savait que ces gens n'étaient pas bien intentionnés. D'ailleurs, comment Jack et elle avaient-ils pu avoir l'imprudence de s'offrir une grasse matinée ? Dieu merci, ils s'étaient rhabillés.

Elle sentait la respiration de Jack sous elle, elle entendait ses battements de cœur réguliers.

– Debout ! ordonna une voix bourrue.

Theodora bâilla, s'étira et battit des cils. Elle se redressa et regarda autour d'elle. Jack fit de même. Avec leurs cheveux en bataille et leurs joues rouges, ils avaient toutes les apparences d'un jeune couple surpris en pleine sieste.

Ils étaient cernés par un groupe d'hommes armés de fusils et de pistolets. À leur allure et leur façon de parler, Theodora devina que c'étaient des paysans d'un village voisin, probablement Santo Stefano, la bourgade la plus proche. La campagne était pleine de ces gens qui n'avaient jamais quitté leur village, qui perpétuaient les traditions et les métiers appris et transmis de génération en génération. Le monde moderne leur avait apporté les téléphones portables et les cybercafés, mais ils vivaient toujours sans chauffage dans des fermes vieilles de plusieurs siècles, et confectionnaient toujours leur pain et leur charcuterie à la main.

Les hommes les tenaient en joue, le regard fixe. Ils n'étaient pas méchants, comprit Theodora. Ils avaient peur, mais ils n'étaient pas méchants. Elle poussa un petit soupir.

Jack leva les mains en l'air.

– Nous ne vous voulons aucun mal, dit-il dans un italien parfait.

– C'est interdit de camper dans la montagne. Qui êtes-vous, d'où venez-vous ? demanda un homme émacié aux yeux étroits.

– Nous sommes américains. Nous venons de New York... pour faire une randonnée, répondit Theodora, jouant sur leur sens de l'hospitalité.

Les Italiens adoraient les touristes américains : ils avaient les poches pleines de dollars pour acheter des *gelati* hors de prix.

Un autre homme en tee-shirt Fiat, armé d'un vieux Beretta, hocha la tête.

– On n'aime pas les étrangers, par ici.

– Nous ne faisons que passer ; nous ne savions pas que c'était mal de camper, expliqua Theodora. Je vous en prie... laissez-nous partir et nous ne vous dérangerons plus.

Jack voulut se lever, mais un fusil fut pointé sur sa tête.

– Restez où vous êtes.

– Enfin, soyez raisonnable, répondit Jack calmement mais avec une pointe de dureté dans la voix.

– La ferme.

Theodora lui jeta un regard. S'il l'avait voulu, il aurait pu les effacer du paysage en une fraction de seconde.

Évite, lui dit-elle.

Elle ferma les yeux et se concentra. Elle entendait les pensées des hommes dans le *Glom*.

Ce ne sont que des gosses, on devrait les laisser partir, quel crétin ce Gino. Ils ne peuvent pas être allés bien loin avec Maria Elena, on perd notre temps. Ils savent peut-être quelque chose. Qu'est-ce qu'on va faire d'eux, maintenant ? C'est idiot. On devrait partir. Les laisser tranquilles. Les retenir jusqu'à ce qu'ils parlent. Une époque étrange. Des étrangers. Étrange. Non, on ne peut pas faire confiance.

Ils ont besoin de notre aide, comprit soudain Theodora. *Ils ont peur, ils sont déroutés, et au centre de leur peur, il y a une fille. Non. Ils ont peur* pour *la fille.*

Elle voyait clairement cette fille dans leur subconscient : plus jeune qu'elle d'un an ou deux. Theodora prit une décision.

– S'il vous plaît. Dites-nous ce qui s'est passé. Nous pourrons peut-être vous aider. Vous cherchez quelqu'un, c'est bien ça ? Quelqu'un qui vous est cher à tous. Nous sommes des amis du père Baldessare.

En entendant le nom du prêtre, tout le groupe se détendit. Theodora avait au moins deviné cela : l'Ordre pétruvien comptait beaucoup dans cette région. Le père Baldessare était un saint homme, un homme respecté, un homme dont le nom avait du poids. Beaucoup de crédibilité. Cela lui rappela douloureusement son grand-père.

– Laissez-nous vous aider, poursuivit Theodora. Nous sommes... formés pour le faire. Je vous en prie, racontez-nous ce qui s'est passé.

Les hommes échangèrent des regards, et le plus vieux finit par prendre la parole.

– On a enlevé ma fille, Maria Elena.

Le gros homme fut incapable de continuer car il avait éclaté en sanglots, le visage caché entre les mains.

Luca, le cadet du groupe, expliqua la situation. Son père, ses frères et ses oncles cherchaient Maria Elena, sa sœur, enlevée la nuit précédente par une organisation de traite des Blanches, un danger qui n'était pas inconnu dans cette région du monde. Il tendit à Theodora une photo d'une jolie fille aux cheveux bruns, avec d'épais sourcils et un sourire timide. Quinze ans.

– La plupart du temps, ils prennent des filles dans les petits villages d'Europe de l'Est, mais ils poussent de plus en plus loin. Ils sont arrivés par chez nous, maintenant. La vie n'est pas dure ici, comme vous le voyez, dit-il avec un geste qui embrassait la verdoyante campagne italienne. Mais on s'ennuie, ça ne change jamais, ça manque d'action. Maria l'a rencontré au cybercafé. Il était russe et lui a raconté qu'il était étudiant en Amérique. Elle l'appelait « son amoureux ». Il l'a enlevée hier soir, et nous ne pensons pas que ce soit pour l'épouser. (Il leur montra son téléphone.) J'ai reçu ceci il y a quelques heures.

Un texto de Maria Elena : *Aiuto*. À l'aide.

– C'est terrible, ce qui est arrivé à votre sœur. Pourquoi ne pas aller voir la police ? voulut savoir Jack.

– Parce qu'elle est corrompue par les trafiquants, comme toujours, expliqua Luca. Mais nous ne pensons pas qu'ils soient bien loin, car ils n'ont sûrement pas pris les routes... donc ils doivent encore être dans la montagne. Ils se dirigent très probablement vers Levanto, où les cargos font relâche.

– Que lui arrivera-t-il si vous ne la retrouvez pas ? s'enquit Theodora, bien qu'elle connût déjà la réponse.

Luca fronça les sourcils.

– Ce qui arrive à toutes ces jeunes filles. Elle sera vendue et emmenée au loin. Nous ne la reverrons jamais.

DIX

Cachée

Theodora mena le groupe jusqu'à leur campement, où ils trouvèrent Ghedi qui les attendait, les sacs bouclés. Lorsqu'il apprit l'enlèvement de la jeune fille, il s'agita. Il prit Theodora à part pendant que Jack organisait les recherches.

– Ce kidnapping... il faut que je t'en parle. Maria Elena n'est que la dernière à avoir été enlevée, expliqua-t-il en s'arrangeant pour cacher leurs sacs dans les fourrés.

– Oui, ils nous l'ont dit. Que des filles de la région disparaissaient.

Elle l'aida à empiler des pierres sur leurs tentes pliées. Ils reviendraient les chercher plus tard.

Ghedi semblait contrarié.

– Non, c'est pire que ça. C'est dangereux que j'en parle ici. Je voulais attendre que nous soyons bien protégés. Mais il faut que je te le dise.

– Quoi ?

Il regarda sa montre.

– Elle a été enlevée hier soir. C'est trop long. Il est déjà trop tard. Ils auraient dû venir au monastère à l'instant où ils ont

79

constaté sa disparition. Les autres auraient pu la trouver avant... (Il secoua la tête.) Mais ils ont préféré y aller seuls. Ce faisant, ils ont scellé son sort.

– Je ne comprends pas, s'étonna Theodora. Quoi qu'il lui soit arrivé, nous devons essayer de la retrouver. Nous devons essayer de la sauver.

Le jeune prêtre secoua de nouveau la tête et n'en dit pas davantage, en promettant de s'expliquer quand ils arriveraient au monastère, laissant Theodora s'interroger sur ses paroles.

Jack avait divisé la compagnie en deux groupes. Une moitié continuerait de s'enfoncer dans la montagne tandis que l'autre partirait pour le port. Ghedi accompagnait le deuxième groupe ; il connaissait bien le fonctionnement des docks et saurait flairer les trafiquants de chair humaine. Theodora et Jack iraient leur chemin et garderaient le contact avec les autres grâce à un talkie-walkie prêté par Luca.

Lorsque l'équipe se dispersa, Theodora répéta à Jack les paroles de Ghedi. Jack était d'accord pour reconnaître qu'il n'était pas question d'abandonner la fille. Quelle que soit la cause de l'inquiétude de Ghedi. En tant que *Venator* assermenté, il était chargé non seulement de servir l'Assemblée mais aussi de protéger les innocents, qu'ils soient vampires ou humains. Il proposa qu'ils ne perdent pas leur temps à courir à pied. Le moyen le plus rapide de retrouver la fille était de localiser son esprit dans le *Glom*.

– Ce serait mieux que tu t'en charges : elle ne se cacherait peut-être pas de toi, proposa Jack, qui était d'avis qu'une douce présence féminine serait plus efficace pour faire sortir une jeune fille de sa cachette.

Theodora ferma les yeux et tendit les bras dans le noir. Elle se concentra sur l'image de la photo.

Maria Elena, où es-tu ?

Lorsqu'elle rouvrit les yeux, elle était plongée dans le monde crépusculaire du *Glom*. Elle percevait la présence de Jack ainsi que les esprits des hommes qui cherchaient la fille. Le *Glom* était argenté et sombre, comme voilé par un dense brouillard gris.

Maria Elena, je viens en amie. Montre-toi. Tu ne risques rien avec moi. Dis-moi où tu es. Toute ta famille te cherche.

Pas de réponse.

Theodora attendit ; c'était comme appeler dans un puits sans fond. Elle sentait sa conscience s'étendre jusqu'au-delà des limites de l'univers, mais rien n'offrait de résistance, lui indiquant qu'elle avait trouvé le bon esprit. Elle rouvrit les yeux.

– Rien ? lui demanda Jack.

– Rien du tout, répondit Theodora en plissant le front. On dirait qu'elle n'est pas là... même pas dans le *Glom*. Elle n'a pas l'air de se cacher. C'est plutôt comme si... elle n'avait jamais existé.

Elle ravala sa frustration. La mise en garde de Ghedi l'avait déroutée. Que craignait tant le gardien de la porte ?

Theodora souhaitait par-dessus tout ramener Maria Elena chez elle saine et sauve. Elle se sentait des affinités avec la jeune fille. N'avait-elle pas eu quinze ans elle-même quand sa vie avait été bouleversée ? Elle comprenait bien que Maria Elena ait pu tomber amoureuse d'un inconnu, qu'elle ait pu se laisser tenter par l'aventure. Qu'il était terrible de voir sa curiosité envers le monde saccagée d'une manière si horrible !

Je suis là ! À l'aide ! À l'aide !

– Oh mon Dieu, s'exclama Theodora. Je viens de l'entendre. *Aidez-moi. Aider. Tuer. Aider. Mourir. Aider. Le feu. Aider. L'enfer. Aider.* Les pensées de la fille n'étaient qu'une supplication incohérente et terrifiée, un monologue tissé de désespoir confus.

Theodora tendit le bras vers Jack, qui l'aida à rester debout sur ses jambes. *Tu es sauvée, tu es sauvée, tu es sauvée. Montre-moi où tu es. Nous allons te trouver et te mettre en sûreté,* dit-elle dans sa tête en projetant un calme apaisant vers cette âme déchirée.

À l'aide. Aidez-moi. Aidez-moi. Tuer. Mourir. Aider. Feu. Aider. Enfer. Aider.

Theodora sursauta et reprit ses esprits. Elle rouvrit de nouveau les yeux.

– Tu l'as trouvée ? la pressa Jack.

Il la serrait encore dans ses bras.

– Oui. Je sais où elle est.

Theodora s'empara du talkie-walkie et décrivit aux autres sauveteurs ce qu'elle avait vu. Une grotte noire à côté d'un lit de rivière à sec, un trou béant dans le sol, couvert de mousse pendante.

Elle entendit Ghedi pousser un cri de surprise à l'autre bout.

– Qu'y a-t-il ? demanda-t-elle. Où est-elle ?

– La grotte à côté de la rivière asséchée. On l'appelle la Gueule de l'enfer, dit-il d'une voix où montait la panique. À quelques kilomètres de Florence. Je vous retrouve là-bas.

Theodora comprit sur-le-champ la réaction de Ghedi. C'était pour cela que le prêtre avait été si pessimiste à propos des chances de Maria Elena.

– Ils l'ont emmenée à la porte, expliqua-t-elle à Jack. Dépêche-toi, le temps presse.

ONZE

La Gueule de l'enfer

G hedi donna les indications précises, et Jack et Theodora se mirent en route immédiatement. Leur vitesse *Velox* les emmena à destination en un clin d'œil.

S'ils emmenaient la fille à la porte, alors ce n'étaient pas des trafiquants, raisonna Theodora. Et si ce n'étaient pas des trafiquants, qui étaient-ils ? Que voulaient-ils faire d'elle ? Était-ce donc cela qui inquiétait tant le prêtre ? Quelle était cette chose dont Ghedi ne voulait pas leur parler avant qu'ils ne soient « à l'abri » ?

Ils trouvèrent le cours d'eau asséché : un ruban rouge et sableux de terre craquelée, brûlée par le soleil, qui menait jusqu'à une sombre caverne souterraine. Conformément à la description de Theodora, la grotte était couverte de mousse et à demi enfouie dans le sol.

Jack dégagea à coups de pied les broussailles qui obstruaient l'entrée et descendit en premier. Il ramassa un bâton et l'alluma à la flamme bleue.

– Montrez-vous ! cria-t-il.

Sa voix résonna contre les parois minérales.

La grotte était noire et sentait le moisi. C'était donc cela, l'entrée de la porte de la Promesse ? Theodora percevait dans l'air une menace putride, fétide, tandis qu'ils descendaient pas à pas dans les ténèbres bourbeuses.

– La Gueule de l'enfer. Intéressant, hein ? On dirait que les sang-rouge ont le chic pour donner des noms dont ils ignorent la vraie portée. En tout cas, visiblement, ils ont senti quelque chose par ici.

– Personne n'est insensible à la puissance, rétorqua Jack, dont la torche envoyait de longs rais de lumière dans un tunnel qui paraissait sans fin.

Theodora glissa sur la mousse humide et se rattrapa au bras de Jack. Elle jeta un regard circulaire dans l'espace clos et sombre. Ici-bas, elle constatait avec étonnement que le lourd sentiment de damnation qui l'accablait s'était quelque peu estompé en faveur d'une mélancolie solitaire. À mesure qu'elle avançait dans le noir, cette impression augmentait.

Ils s'arrêtèrent encore pour scruter les ombres. La torche de Jack éclairait une grotte d'aspect plutôt banal, avec des rochers verts de mousse et un sol sableux. L'endroit était jonché des habituels débris de fêtes adolescentes : mégots et canettes de bière vides.

Il y a quelque chose qui cloche, émit Jack.

Toi aussi, tu le sens ? Qu'est-ce que c'est ?

Et là, elle sut. *Ce n'est pas ici, n'est-ce pas ? Nous ne sommes pas à la porte de la Promesse.*

Non, ce n'est qu'un écran de fumée, une distraction. Une astucieuse illusion.

La Gueule de l'enfer n'était qu'un épouvantail, un lieu conçu pour éloigner la populace locale et l'empêcher de voir la véritable menace.

– Que savons-nous des sang-bleu ? proposa Jack.

– Qu'ils n'aiment pas faciliter les choses. Qu'ils gardent leurs secrets. Ils ont apporté au monde la paix, l'art et la lumière. C'est un peuple hautement civilisé. Ils ont bâti des temples et des monuments, des cités d'or qui s'élancent vers le ciel, dit Theodora en pensant à Paris et à sa splendeur.

– Exactement. Pense aux portes que nous avons déjà trouvées : la porte de la Vengeance, sous le Corcovado... une sculpture monumentale, une icône. La deuxième sous une des plus belles cathédrales gothiques d'Amérique du Nord. Jamais un vampire n'irait placer une porte dans un vulgaire trou, une caverne grossière dans le sable.

Jack secoua la tête.

– Tu as tout à fait raison, l'approuva Theodora. Celui qui a inventé ceci l'a fait pour dissimuler l'emplacement de la vraie porte. Mais si cette grotte n'est pas la porte... alors pourquoi les Pétruviens la gardent-ils ?

DOUZE

Le symbole

T heodora faisait les cent pas sur le sol rocheux. Après
tout, que savaient-ils de l'Ordre pétruvien ? Le premier
soir, Ghedi avait réclamé leur confiance. Il avait cité Lawrence
Van Alen comme ami, et pourtant il ne l'avait jamais vu en
personne. Qu'y avait-il de vrai dans cette histoire ? Après leur
mois de captivité en tant qu'hôtes de la comtesse, Theodora
s'en voulait de n'avoir pas été plus prudente.

– Crois-tu que nous ayons pu nous tromper sur Ghedi ?
demanda-t-elle à Jack.

Il soupira.

– Mieux vaut faire confiance et risquer la trahison que douter toujours de tout et de tout le monde. Ton cœur ouvert est
un bienfait. Il t'a menée à moi, par exemple.

– Mais dans ce cas, je ne crois pas que Ghedi nous ait dou-
blés volontairement. Les Croatan n'ont rien à faire des sang-
rouge. Je doute qu'il ait jamais mis les pieds ici. Si, comme je
le devine, l'Ordre pétruvien a été fondé par le gardien originel
de la porte, Alcyon a dû suivre une certaine ligne de conduite
dans ses interactions avec les humains. C'est très courant, la

Conspiration fait ça depuis des siècles. Ils ne révèlent aux sang-rouge que ce que ces derniers ont besoin de savoir.

Ils firent encore une fois le tour de la grotte obscure, et Theodora avisa un détail qu'ils n'avaient pas encore remarqué, un symbole gravé dans la paroi. C'était un triglyphe, un symbole en trois parties. La première se composait de deux cercles imbriqués, le symbole sang-bleu de l'union ; la deuxième était un animal qu'ils n'identifièrent pas. La troisième était un symbole que Theodora n'avait encore jamais vu : une épée perçant une étoile.

– C'est le symbole de l'archange, son *sigul*, lui expliqua Jack. L'étoile désigne l'ange qui l'arborait. Lucifer. L'Étoile du matin. L'Ange déchu.

Theodora suivit du bout des doigts les contours du triglyphe.

– Tu avais déjà vu ça ?

– Il me semble... quelque part... dans le passé. Je ne me souviens pas.

Il continuait d'observer le symbole à la lumière de sa torche.

– C'est peut-être un verrou, pour fixer un sort de damnation sur ces lieux.

– Je ne sais pas pourquoi, je ne crois pas.

Theodora ne pouvait pas quitter le triglyphe des yeux. Le symbole avait un effet fascinant, hypnotisant, qui ne fut levé que par un bruit de pas.

– Voilà Ghedi. Ne lui en parlons pas avant d'avoir découvert ce qu'il sait.

Jack opina de la tête et pointa sa torche vers l'entrée de la cave pour éclairer le chemin. Le prêtre était essoufflé quand il les rejoignit.

– Vous l'avez trouvée ? demanda-t-il en jetant des regards nerveux alentour.

– Non. Il vaudrait mieux partir. Si elle n'est pas ici, il faut en informer sa famille, répondit Jack.

Ghedi eut l'air soulagé, et ils commencèrent à remonter.

– Attendez !

Theodora s'arrêta net. Elle avait entendu quelque chose qu'elle connaissait : un gémissement silencieux au loin, le son de l'angoisse muette de ceux qui souffrent.

– Par là.

Elle s'enfonça en courant dans le recoin le plus profond de la caverne, vers un petit corps recroquevillé, ligoté et bâillonné dans le noir.

– Maria Elena, dit-elle tout bas.

Elle s'accroupit et posa une main sur le front de la jeune fille. Chaud. Brûlant. Restait à espérer que c'était une fièvre due à ce qu'elle venait de traverser, et rien d'autre.

La fille remua et gémit de nouveau.

Le prêtre se signa et s'agenouilla à côté d'elle.

– Sais-tu où tu es ? lui demanda Theodora en italien.

Maria Elena répondit sans ouvrir les yeux.

– Dans la grotte. À côté du torrent à sec.

Jack retira sa veste et la posa sur les épaules de la jeune fille.

– Et sais-tu pourquoi tu es ici ? la questionna-t-il.

– Ce sont eux qui m'ont amenée, répondit-elle d'une voix morne.

– Qui, eux ? s'enquit Theodora. Qu'est-ce qu'ils t'ont fait ?

Pour toute réponse, Maria Elena se mit à trembler de manière incontrôlable, comme si elle faisait une crise de convulsions.

Theodora la serra dans ses bras en continuant de la calmer.

– Tout va bien, murmura-t-elle, tout va bien. Tu vas t'en tirer. Tu es sauvée.

Mais la fille se contenta de secouer la tête, les lèvres serrées.

– Allons, allons, ajouta Ghedi en posant un mouchoir frais sur son front enfiévré.

Theodora la testa prudemment dans le *Glom*, se risqua à jeter un œil dans ses souvenirs. Le soi-disant amoureux l'avait emmenée loin de la ville, dans la montagne. Il l'avait conduite tout droit dans la forêt. Et puis, plus rien. Brume et vapeur. La fille s'était réveillée ligotée dans la grotte.

Jack trancha ses liens et l'aida à se lever. Theodora lui prit l'épaule droite. La fille tituba et vacilla entre eux, puis s'évanouit.

– Attendez, je vais vous aider, proposa Ghedi en se précipitant aux côtés de Maria Elena.

Après, tout se passa trop vite : avant que Theodora n'ait eu le temps de réagir, le prêtre plaquait un couteau à manche d'ivoire contre la gorge de la rescapée.

– Qu'est-ce que tu fais ? s'écria Theodora en s'avançant vers le prêtre et la fille pendant que Jack arrivait par derrière.

– Je fais ce que j'ai à faire, dit Ghedi, tenant toujours la fille qui était une poupée de chiffons entre ses bras, la lame miroitante toujours appuyée contre sa jugulaire.

Le fin chemisier de Maria Elena se souleva légèrement de son cou, et à ce moment-là, Theodora aperçut de nouveau le triglyphe. Cette fois, il était gravé au fer rouge sur la poitrine de la fille. Les cercles imbriqués. L'animal. Le symbole de Lucifer. Il brillait comme un phare dans le noir.

Theodora se concentra pour projeter une puissante compulsion qui arrêterait le prêtre, mais elle reçut un coup inattendu qui l'envoya valser contre les parois de pierre. Cela ne venait pas de Ghedi, lequel parut momentanément sonné. Cela venait de quelqu'un ou de quelque chose d'autre.

– Theodora !

Le cri angoissé de Jack résonna dans la grotte.

Je vais bien, voulut-elle répondre, mais elle s'aperçut qu'elle en était incapable. Elle ne pouvait pas bouger, elle ne pouvait pas parler, elle était paralysée dans tous les sens du terme. Elle lutta pour se débarrasser de ce carcan... mais ce sort n'était pas aussi facile à manœuvrer que celui d'Iggy. Il contenait des traces de magie noire, de procédés interdits qui rendaient ses liens plus solides que la roche.

Contrairement à la bande hétéroclite de fermiers cherchant une fille disparue, celui qui lui tendait ce piège était un vampire. Il avait toute la force et la rapidité d'un vampire.

– Rendez-vous sans faire d'histoires, ou votre copine fera un joli feu de joie, dit l'agresseur à Jack en lui tendant une corde de *Venator* et en lui faisant signe de s'attacher les poignets avec.

De l'autre main, il tenait une torche qui flambait de feu noir.

Non ! envoya Theodora. *Pourquoi faites-vous cela ? Vous travaillez pour la comtesse ?*

Je ne travaille pour personne. Je ne fais partie d'aucune Assemblée. Je fais tout cela pour moi.

Alors c'était cela, comprit Theodora. Mimi avait mis à prix la vie de Jack, et le vampire était là pour récolter sa prime.

Attendez ! Non ! Nous avons de l'argent... nous pouvons vous payer. Laissez-moi vous acheter sa vie. Je vous en supplie ! l'implora-t-elle mentalement.

Désolé, miss. Mais je suis assez certain que tu ne pourras pas payer autant que Mimi Force.

Le chasseur de primes se rapprocha d'elle, et elle vit son visage de fauve penché au-dessus du sien.

– Je me rendrai de moi-même. Libérez-la, déclara Jack d'une voix calme et claire en se soumettant.

Le vampire resserra les nœuds au point de faire saigner les poignets de Jack. Une fois celui-ci bien attaché, il murmura quelques mots au-dessus de la flamme, qui diminua et mourut jusqu'à ce que la torche ne soit plus qu'un bout de charbon gris. Il la fourra prestement dans sa poche arrière.

Ghedi lança un regard gêné au vampire renégat, mais une fois qu'il eut compris que celui-ci ne lui cherchait pas querelle, ses traits reprirent leur assurance et il se prépara pour la vile tâche qui l'attendait.

Maria Elena allait mourir.

Jack serait emporté.

Theodora ne pouvait faire qu'une chose : hurler.

TREIZE

Le temps de l'ange

C omme le temps était court dans le monde réel, le monde
où on l'avait capturée et agressée ! Theodora se tourna
plutôt vers l'intérieur, elle regarda dans son âme et dans le
Glom. Le temps n'existait pas de la même manière dans l'univers intérieur.

Elle rouvrit les yeux sur les eaux vaseuses du monde crépusculaire et ressentit la lourde constriction du sort ténébreux
qui l'emprisonnait. Dans le *Glom*, ses entraves se manifestaient sous la forme d'un nœud de serpents se tordant sur sa
peau. Elle sentait leurs écailles humides se draper autour
d'elle pour l'enserrer de plus en plus fort. Les reptiles étaient
partout, ils glissaient autour de sa taille, autour de ses
jambes, entre ses doigts. Elle flairait leur puanteur visqueuse
et frémissait à entendre leurs langues râpeuses.

Les sorts de stase découlaient des principes de la compulsion – le contrôle mental –, principalement en vous donnant
l'illusion d'être pris au piège. Cela expliquait qu'ils comptent
parmi les sortilèges les plus ardus à surmonter : pour cela, il
fallait cesser de croire à ce que l'on avait sous les yeux.

Theodora se concentra sur le serpent le plus proche de sa tête. Elle sentait son corps froid de reptile se lover lentement autour de ses épaules. Elle pivota de manière à planter son regard dans le sien. C'était un redoutable cobra royal. Collerette déployée, il reculait la tête pour frapper. Il dénuda ses crochets et siffla.

Mais avant qu'il n'ait pu s'abattre, Theodora surmonta sa répulsion et tendit la main pour l'attraper par la queue. D'un seul geste fluide, elle écarta le serpent de son corps et lui écrasa la tête sous son talon.

En un éclair, elle était de retour dans le monde réel de la grotte, l'épée de sa mère entre les mains.

– Arrière ! ordonna-t-elle d'une voix chargée de fureur.

Le prêtre voulut enfoncer le couteau dans le cou de la jeune fille, mais avant que la lame n'ait pu lui entrer dans la peau, Theodora avait écarté l'arme, qui tomba bruyamment sur les rochers. Maria Elena s'effondra au sol et Ghedi avec elle, déséquilibré par la compulsion de reddition envoyée par Theodora.

C'est tout ce dont Jack avait besoin. Avec un puissant rugissement, il brisa ses liens et prit sa forme terrible d'ange de la Destruction. De superbes ailes noires se déployèrent dans son dos, ses cornes se recourbèrent en fines pointes de diamant, et ses yeux prirent une effrayante teinte écarlate. Il ramassa le chasseur de primes qui tremblait de peur et le broya entre ses serres.

– Jack, non. Ne le tue pas ! s'écria Theodora.

Faisons en sorte qu'il n'y ait pas d'effusion de sang aujourd'hui.

– Écoutez-la, bredouilla le tueur à gages.

Theodora posa une main légère sur les plumes des ailes d'Abbadon. Elle percevait une puissance majestueuse sous

94

leur masse soyeuse. Elle avait eu peur une fois, à le voir sous ce jour, mais désormais, confrontée à son terrifiant visage véritable, elle le trouvait beau.

Il se tourna vers elle ; transformé en Abbadon, il ne ressemblait plus du tout à Jack, et pourtant c'était lui, plus que jamais. *Il allait te faire du mal.*

Je t'en prie, mon amour.

Alors il fut de nouveau Jack, élégant, les joues rouges. Il hissa le chasseur de primes sur ses pieds.

– Va-t'en. Va dire à ma sœur que son parasite a échoué. Dis-lui que rien ni personne ne me ramènera.

Le tueur à gages ne demanda pas son reste. Il prit ses jambes à son cou.

Theodora s'effondra dans les bras de Jack, et ils restèrent ainsi un moment.

J'ai cru que j'allais te perdre, lui dit-elle.

Jamais. Jamais nous ne serons séparés.

Il inclina la tête vers son épaule, et elle s'appuya contre son torse pour entendre son cœur battre avec le sien sur un rythme stable et maîtrisé.

Jamais.

L'atelier de l'artiste

Florence, 1452

Au matin, Tomi retourna travailler à l'atelier. Le maître ne serait pas de retour avant le lendemain, et il y avait encore beaucoup à faire. Elle salua les autres assistants et prit place au fond de la salle, où elle se remit à sculpter un bas-relief pour le portail oriental du baptistère. C'était un travail minutieux et fastidieux, mais Tomi adorait cela, car elle trouvait de la grandeur et de la beauté dans les détails infimes. Elle fut rapidement perdue dans ses pensées : ses mains s'activaient sur le marbre tandis que son esprit dérivait vers les événements survenus un mois plus tôt.

Que pouvait signifier le fait qu'un humain porte la marque du prince des Ténèbres ? Leur ancien ennemi juré avait-il trouvé un moyen de revenir sur terre ? C'était impossible. Ils avaient expédié le diable en enfer, avaient enfermé Caligula derrière une porte impénétrable. Ensemble, ils avaient envoyé l'Ordre des Sept à travers le monde pour qu'ils verrouillent les chemins des Morts. L'homme vêtu de la toge de la citadelle était un imposteur. Personne ne l'avait jamais vu. Il était étranger à leur ville. Andreas pensait que l'humain

97

avait menti et que la créature n'était pas un démon, mais Tomi avait un tempérament plus inquiet.

Elle avait seize ans ; déjà elle savait qui elle était et ce qu'elle avait à faire en ce monde. Après la crise de Rome, dans toutes les incarnations suivantes, les Venator avaient eu pour mission de traquer les derniers sang-d'argent qui, restés de ce côté-ci des portes, arpentaient toujours la terre. Personne d'autre dans l'Assemblée ne savait qu'il restait des sang-d'argent errants. C'était un secret bien gardé par les Venator pour maintenir la paix dans la communauté. Les sang-bleu n'avaient rien à craindre des Croatan ; Andreas protégeait ses semblables depuis des siècles. Traquer les Croatan était aussi habituel, pour eux, que chasser les rats des champs l'était pour un chat. Nécessaire et efficace.

Mais ça, c'était nouveau. Tomi revit en pensée le triglyphe scarifié dans le bras de l'homme et en laissa tomber son ciseau, qui laissa une vilaine éraflure sur le bas-relief. Le maître n'allait pas être content.

– Tu es troublée, mon amie, lui dit Gio en ramassant l'outil pour le lui rendre. Ne le sois pas. Nous allons nous occuper de tout cela.

Elle hocha la tête.

– Je voudrais juste que Dre soit là.

Andreas del Pollaiolo était le plus jeune conseiller de la cour de Laurent de Médicis. Il s'employait à consolider l'emprise de la famille sur le pouvoir à Florence, de préférence aux autres familles régnantes de la cité. Les intérêts financiers des Médicis s'étendaient sur l'Europe entière, avec un réseau de filiales dans toutes les grandes villes. C'était une couverture qui permettait à Dre de voyager facilement sur le continent sans attirer les soupçons.

Mais Tomi savait que Dre avait une autre raison de tant travailler pour que l'influence des Médicis rayonne bien au-delà de leur belle cité. La crise de Rome était, à jamais, sa première préoccupation. S'il avait réussi à bannir Lucifer de ce monde, il avait en revanche été incapable d'arrêter le déclin de la glorieuse République corrompue par l'Étoile du matin, c'est-à-dire Caligula. Rome était perdue.

Dre ne rêvait que de restaurer cette gloire. Il était fermement décidé à achever ce qu'il avait commencé, jurant de faire revivre la gloire de Rome et la culture de l'Antiquité, et même de la porter à un niveau inégalé. Il avait déjà récrit le Code des vampires pour donner forme à l'histoire de l'humanité et imprégner l'espèce humaine de la sensibilité et des valeurs sang-bleu : le goût de l'art, de la vie, de la beauté et de la vérité. Il amènerait la renaissance de l'homme, lui disait-il au cours de leurs nombreuses conversations sur ce qu'ils espéraient accomplir durant ce cycle. Il avait déjà donné un nom à cela : la Renaissance.

Mais tout ce travail éloignait d'elle son bien-aimé, et depuis la nuit de la traque, c'est à peine s'ils avaient eu un moment ensemble.

Il était toujours ainsi, son Michel. Andreas. Cassius Menes. Sous quelque nom que ce fût, il était toujours à elle. Sa force, son amour, sa raison d'être. Ils combattraient cette nouvelle menace ensemble. Elle attendrait son retour, puis elle le convaincrait de l'urgence qu'il y avait à démasquer leurs ennemis cachés et découvrir la vérité dissimulée derrière la marque du sang-rouge.

Deuxième partie

Mimi Force, Régente de l'Assemblée

New York
Le temps présent

QUATORZE

Le nœud de vipères

L e mot « apitoiement » ne faisait pas partie du vocabulaire de Mimi Force. Au lieu de maudire la solitude qu'elle éprouvait à avoir perdu à la fois son jumeau et l'homme qu'elle aimait – deux personnes distinctes pour la première fois de sa longue vie d'immortelle –, elle s'était jetée à corps perdu dans les affaires du Conclave, enterrant son chagrin et sa rage sous le travail et trouvant du réconfort à présider aux destinées d'une vaste organisation qui battait de l'aile.

Cette vieille bique de Cordelia Van Alen, de son vivant, avait qualifié l'époque actuelle de « crépuscule des vampires », comme si un lourd rideau de velours était en train de tomber sur la scène et qu'il était temps que les sang-bleu fassent leur sortie côté jardin. (Mimi aimait à se représenter le monde des vampires comme un vaste théâtre, et à les imaginer faisant leur dernier salut face à une *standing ovation* plutôt que clopinant piteusement dans le soleil couchant.)

Si c'était bien leur fin, *sa* fin, alors c'était intolérable. Mimi n'avait tout de même pas vécu une multitude de vies pour se retrouver si seule, sans son vieux Jack pour la rassurer, sans la charmante arrogance de Kingsley pour la stimuler. Elle ne rendrait pas si facilement les armes.

Elle ouvrit la porte de son nouveau bureau. Dès la disparition de Forsyth Llewellyn suite aux « noces calamiteuses » – comme tout le monde appelait la mascarade qu'avait été sa cérémonie d'union –, le Conclave s'était agité pour se trouver un nouveau chef. À sa grande surprise, c'était son nom qui avait été choisi. Huit jours après les catastrophiques épousailles, Ambrose Barlow, fringant *gentleman* de cent un ans (des extensions de cycle avaient été accordées aux membres émérites du Conclave pour leur permettre de servir) et Minerva Morgan, l'Aînée à la langue bien pendue qui avait été l'une des plus proches amies de Cordelia, étaient venus la voir après les cours pour tenter de la convaincre. Mimi avait refusé de se porter candidate au poste de *Rex* – pas tant que Charles était encore en vie quelque part –, mais elle avait accepté le titre de Régente, c'est-à-dire titulaire du pouvoir sur l'Assemblée en l'absence de son chef.

Elle s'installa dans le moelleux fauteuil de bureau ergonomique qu'elle s'était commandé et ouvrit la base de données du Comité sur son ordinateur. Il y avait tant à faire : identifier les membres les plus solides du Comité et les nommer au Conclave pour renforcer cette entité faiblissante, superviser l'équipe des *Venator*, injecter du sang neuf dans le Comité junior... la liste était sans fin. Forsyth avait tout laissé dans un état déplorable ; visiblement, il ne s'était intéressé à rien d'autre qu'au Conclave lors de son passage au pouvoir, et beaucoup de sous-comités (Service de santé des humains, centres de transformation) manquaient cruellement d'effectifs.

D'ailleurs, à propos de Forsyth : personne ne savait non plus où était passée Bliss. Ils avaient dû s'enfuir ensemble, pour ce qu'en savait Mimi. Bon débarras. Après la disparition de Forsyth Llewellyn, les *Venator* avaient trouvé des preuves que le prédécesseur de Mimi abritait leur plus grand ennemi et qu'il avait joué un rôle capital dans l'attaque des Croatan sur la cathédrale. Forsyth était le traître du Conclave, la vipère tapie parmi eux.

Quant à Kingsley, Mimi revoyait encore son visage avant son effacement par la *subvertio*. Il l'avait regardée avec tant d'amour dans les yeux... Où était-il, à présent ? Était-il encore en vie ? Le reverrait-elle un jour ? Parfois, lorsqu'elle pensait à lui, elle se rendait compte qu'elle venait de passer des heures à regarder dans le vide, les yeux rivés sur le même pointeur clignotant sur un écran d'ordinateur, pendant que la peine palpitait dans son cœur dévasté. Rien ne pouvait la consoler, absolument rien. Elle avait tenté de lancer des sommes ridicules à la face du problème, fait chauffer toutes ses cartes de crédit, consulté un aréopage de guérisseurs et de thérapeutes. Mais même au bout d'un mois, rien n'y faisait. Sans les nombreuses réunions de Conclave et convocations à des conférences qui lui permettaient d'échapper temporairement à son chagrin, le désespoir l'aurait rendue folle.

Bien sûr, Régente ou non, elle n'en devait pas moins achever son année de terminale. Certaines affaires pressantes devraient attendre la fin des concours d'entrée en fac : Trinity, sa mère de cycle, n'acceptait aucune excuse, pas même la gouvernance de la communauté. Elle ne lui accordait que quelques heures par jour à consacrer à son nouveau rôle. C'était déjà un coup dur que Jack soit recherché et introuvable ; Trinity ne comptait pas laisser Mimi abandonner ses études à son tour.

Si au départ elle avait accepté le titre avec réticence, Mimi avait peu à peu appris à l'apprécier, surtout lorsqu'elle avait compris qu'elle pouvait le tourner à son avantage. En tant que chef implacable de l'Assemblée, elle pouvait faire tout ce qu'elle voulait. C'était la première semaine de novembre. Depuis un mois qu'elle était en fonctions, elle n'avait pas encore eu le temps d'appliquer son pouvoir à ce qui lui tenait vraiment à cœur. L'Assemblée passait en premier. Mais là, le jour était enfin venu. Aujourd'hui, elle aurait une petite conversation avec un certain Oliver Hazard-Perry. Elle l'avait envoyé chercher au fin fond du Sanctuaire, et à présent, sa secrétaire l'appelait pour l'informer de sa présence dans le salon d'attente.

– Faites-le entrer, Doris, ordonna Mimi en se préparant à ce qui serait certainement une bataille.

Ce fichu Intermédiaire humain était son seul lien avec son traître de frère, et elle était bien décidée à lui extorquer toutes les informations susceptibles de lui permettre de localiser Jack.

Oliver pénétra dans son bureau. Elle le connaissait à peine, et dans le passé elle ne s'était intéressée à lui que pour sa proximité avec sa rivale dans le cœur de Jack ; mais même ainsi, elle voyait bien qu'il avait changé depuis la dernière fois : quelque chose dans le regard, une fixité accablée qui n'y était pas auparavant. D'un autre côté, qui n'avait pas changé depuis les noces calamiteuses ? Elle-même, en se regardant dans la glace l'autre jour, avait été horrifiée d'y voir une vieille fille hagarde, dévastée par le chagrin. La tragédie était en train de massacrer sa beauté lumineuse de cover-girl. Il fallait que cela cesse.

– Tu m'as sonné ? demanda Oliver.

Son visage était un masque de souffrance intense et profonde : elle s'étonna qu'il soit encore en état de plaisanter.

Elle renvoya ses cheveux par-dessus son épaule.

– Ce n'est pas ainsi qu'un humain s'adresse à ses supérieurs.

– Pardonnez-moi, madâme, répliqua-t-il avec un sourire narquois. (Il se mit à l'aise dans le fauteuil.) En quoi puis-je me rendre utile ?

Elle alla droit au but.

– Tu sais où ils sont.

À l'instant où son frère avait quitté la ville, Mimi avait envoyé une armée de *Venator* et de mercenaires à ses trousses, mais jusqu'à présent aucun n'avait réussi à l'amener devant la justice. En coupant les ponts avec l'Assemblée, il avait du même coup désavoué sa protection : son esprit n'était donc plus repérable dans le *Glom*.

– « ... où ils *sont* » ? répéta Oliver en haussant un sourcil.

– Mon frère et sa...

Mimi ne pouvait se résoudre à le formuler.

– Tu sais où ils sont partis ; les *Venator* m'ont dit que tu étais à l'aéroport quand ils ont disparu.

Oliver joignit les mains et prit un air résolu.

– Je ne peux être ni d'accord ni en désaccord avec cette affirmation.

– Ne fais pas le malin. Tu sais où ils sont et tu dois me le dire. Tu travailles pour moi, désormais. Tu oses défier le Code ? Tu sais que l'insubordination chez les Intermédiaires

107

est passible de vingt ans d'isolement, gronda-t-elle en se penchant par-dessus son bureau, dévoilant juste un peu ses crocs.

– Ah bon, parce qu'on parle du Code, maintenant ?

– S'il le faut, le menaça Mimi.

En tant que scribe du Sanctuaire, Oliver était placé très bas sur l'échelle hiérarchique. Il n'était qu'un simple subalterne... guère plus qu'un secrétaire sous-payé. Tandis qu'elle, c'était Mimi Force. Régente, à présent ! Et vu la situation actuelle, c'était uniquement grâce à elle que l'Assemblée était encore unie.

Oliver eut un sourire malin.

– Alors pour ma défense, je me dois d'invoquer le cinquième commandement.

– Le cinquième ?

Mimi entendit vaguement résonner une alarme quelque part dans sa tête, mais elle l'ignora. Elle était toute-puissante, et il se permettait ce genre de petits jeux ! Elle allait le broyer, ce cafard humain. Personne n'avait l'outrecuidance de défier l'ange Azraël lorsqu'il voulait quelque chose.

– Pardonne-moi si j'ai l'air un peu donneur de leçons, mais le cinquième commandement du Code des vampires établit clairement le secret professionnel entre vampires et Intermédiaires. C'est mon droit de ne pas divulguer d'informations sur mon ancienne maîtresse sang-bleu. Tu n'as qu'à vérifier. Tu le trouveras noir sur blanc dans les archives du Sanctuaire. Tu ne peux rien contre moi.

Mimi empoigna une lampe Tiffany sur son bureau et la jeta à la tête d'Oliver, qui parvint à l'éviter au dernier moment.

– Quel caractère, ma chère !

– Sors de mon bureau, vermisseau !

Oliver prit ostensiblement son temps pour se lever et rassembler ses affaires. Il se régalait visiblement de l'exaspération de Mimi. Pourtant, avant de partir, il se retourna pour lui parler une dernière fois, ce qu'il fit d'une voix très douce.

– Tu sais, Mimi, comme toi, je suis anéanti. Je suis conscient que ça ne veut pas dire grand-chose venant de moi, mais je suis navré de ce qui t'arrive. J'aimais énormément Theodora, et je sais à quel point tu aimais Jack.

Jack ! Personne n'avait encore *osé* prononcer ce nom devant elle. Et ce n'était pas de l'amour qu'elle éprouvait pour son jumeau, mais un étourdissant tourbillon de stupéfaction et de chagrin. L'amour ? Le peu qu'il lui en restait s'était mué en haine vive et étincelante, une haine qu'elle polissait au plus profond de son âme jusqu'à la faire briller comme une émeraude.

– L'amour, cracha-t-elle. Vous, les familiers, vous ne connaissez rien à l'amour. Pauvres humains égarés, vous n'avez jamais éprouvé l'amour ; vous n'avez ressenti que ce qu'exigeait le Baiser. Ce n'est pas réel. Ça ne l'a jamais été.

Oliver parut si blessé que l'espace d'un instant, Mimi eut envie de retirer ses paroles, d'autant qu'il avait prononcé les premiers mots de sympathie qu'elle eût entendus depuis qu'elle avait perdu tout ce qui avait un sens pour elle. Mais quand même, ç'avait été bon de prendre sa haine et de la diriger vers l'extérieur. Dommage qu'Oliver ait essayé de l'aider. Le pauvre imbécile, il s'était pris une balle perdue.

QUINZE

Vous avez du courrier

Le sac de boxe oscillait comme un pendule, et Mimi y donna encore un coup de poing satisfaisant – en plein dans le mille ! Elle était venue directement à la salle de gym en sortant de son bureau. Elle n'avait nul besoin qu'on la plaigne, et surtout pas ce crétin de scribe du Sanctuaire. Il fallait vraiment que les temps soient durs pour qu'un humain ait pitié d'un vampire. Surtout un vampire de sa lignée et de son statut. Où allait le monde ? Elle avait survécu à la crise de Rome et enduré la traversée jusqu'à Plymouth, tout cela pour se faire plaindre par un sang-rouge ? Absolument ridicule. Elle donna un nouveau coup de poing dans le sac, qui alla valser jusqu'à l'autre bout de la pièce. Elle était pleine de courbatures à cause des quatre heures qu'elle venait de passer à se défouler.

Elle imaginait le visage ensanglanté de Jack, la tête basse, humilié, implorant sa merci. Comme ce serait bon de libérer enfin toute sa fureur ! À chaque minute de chaque jour, elle était consumée par sa future vengeance ; elle la vivait et la respirait ; sa colère alimentait son envie de vivre. Où était-il ? Que faisait-il ? Pensait-il à elle, seulement ?

Pourquoi ne pouvait-elle pas laisser tomber ? se demanda-t-elle alors que le sac revenait la heurter et la déséquilibrait un instant. Elle ne voulait même plus de Jack : cela, elle l'avait compris devant l'autel. Il ne voulait pas d'elle, mais elle ne voulait pas de lui non plus. Alors, pourquoi l'idée de sa mort l'obsédait-elle à ce point ? Parce que *quelqu'un* devait payer pour Kingsley. Kingsley n'était plus là, lui ; il était mort, ou emprisonné, peu importait. Il était plus facile d'éprouver une rage meurtrière contre son frère que le chagrin écrasant de la mort de son amant. Cela la tuait de penser que Jack avait survécu et pas Kingsley. Que Jack était heureux, quelque part, avec sa concubine demi-sang, alors qu'elle, Mimi, était seule. *Quelqu'un* devait payer pour l'énormité de sa perte... oui, quelqu'un devait payer. Si Mimi ne pouvait pas être heureuse, elle ne voyait pas pourquoi quiconque devrait l'être.

C'était épuisant d'être en colère en permanence, et Mimi avait besoin de la fatigue physique que lui apportaient ses séances punitives d'exercice. La plupart du temps, en sortant de la salle de gym, elle rentrait chez elle engourdie et trop crevée pour faire autre chose que paresser sur le canapé avec son ordinateur portable, répondre à sa messagerie et mettre à jour son statut sur divers réseaux sociaux. Ce soir en particulier, la demeure familiale était déserte à son arrivée, ce qui n'avait rien de surprenant. Trinity s'était rendue à quelque réception mondaine, comme d'habitude. La maison était trop grande pour elles deux. Les bonnes restaient entre elles, et le silence était si déprimant que la plupart des soirs, Mimi allumait à la fois la chaîne hi-fi et la télé à fond pour surfer sur le Web.

Elle jeta ses vêtements de sport souillés de transpiration dans le panier à linge sale et se doucha rapidement. En pei-

112

gnoir, elle alluma son ordinateur et cliqua sur sa boîte de réception. Elle parcourut la liste des messages non lus. En tête clignotait un courriel émanant d'un expéditeur inconnu. L'équipe technique du Comité avait beau l'adjurer de cesser, Mimi méprisait les mises en garde contre les virus cachés dans les courriers électroniques de provenance douteuse. Résultat : son ordinateur plantait plusieurs fois par mois. Mais c'était plus fort qu'elle : elle était trop curieuse pour ne pas ouvrir ces messages.

Elle ouvrit celui-ci. Il était vide, hormis un lien. Mimi cliqua dessus et se prépara à un dérèglement complet, au blocage de son système ou à une vidéo cochonne. Le lien la mena bien à une vidéo, mais pas de type pornographique.

L'écran affichait une image floue, une série de vues prises d'une main tremblante sous des angles divers, jusqu'au moment où Mimi comprit que les deux formes sombres et allongées qui occupaient le centre de l'écran étaient en fait deux adolescents en train de s'embrasser sur un canapé.

Alors c'était bien une de ces vidéos, pensa-t-elle, prête à fermer la fenêtre. Mais une chose l'arrêta. Comme la caméra se rapprochait, elle comprit que les deux personnages ne faisaient pas que s'embrasser. Le visage de la fille était caché par ses longs cheveux, mais Mimi vit que ses lèvres étaient pressées contre le cou du garçon, que du sang lui coulait sur le menton, tandis que son corps à lui tressaillait et se convulsait en un spasme d'extase.

Tout cela, elle ne le connaissait que trop bien : les gestes fervents du garçon, la manière dont la fille le tenait – assez doucement pour calmer sa frénésie, assez fermement pour le maîtriser. Combien de fois Mimi avait-elle fait exactement la

113

même chose, exactement dans la même position ? On aurait presque dit une illustration du manuel du Comité. Il fallait empêcher la tête du familier de rouler en arrière, de peur qu'il ne perde de l'oxygène ou s'étrangle.

Mimi observait, figée dans son fauteuil. Elle vit la fille se retirer ; dans un zoom de la caméra, ses crocs ivoirins accrochèrent un instant la lumière et révélèrent leur beauté acérée – bien trop fins et tranchants pour être des accessoires de cinéma ou un trucage vidéo. Pendant ce temps, le garçon se renversait en arrière dans le canapé, groggy, soumis et, pour les quarante-huit heures à venir, hors d'usage. La fille, dont le visage était toujours dans l'ombre, l'embrassa doucement sur les lèvres et se leva.

En bas de l'écran s'affichaient une date et une heure. *C'était le week-end dernier*, songea Mimi lorsque l'image montra une pièce plus grande, où étaient réunis bon nombre d'adolescents. Mais... minute ! Elle connaissait cette pièce, avec ces rideaux damassés et ce Renoir au mur. Quand on s'approchait trop du tableau, on activait l'alarme silencieuse et le majordome de la maison vous chassait. Elle s'était souvent rendue dans cet appartement. C'était le somptueux logis des parents de Jaime Kip, et la fête était l'*after* de son dix-huitième anniversaire. Mimi y était, ce vendredi soir. Elle était partie tôt, exaspérée par ce qu'elle avait vu. Les plus jeunes recrues du Comité étaient comme des chiens fous, galvanisés par leur première gorgée de sang, et elle était encore trop malheureuse pour pouvoir s'en amuser.

Quand la caméra refit le point sur la fille, celle-ci avait le dos tourné ; elle disparut en un clin d'œil pour réapparaître de l'autre côté de la pièce, écroulée de rire à côté du fût de bière. Ce n'était pas un trucage, ni une illusion, ni un habile montage. On voyait clairement que la fille s'était trouvée à un endroit, puis, sans aucune explication naturelle, à un autre. *Seigneur, ne me dites pas que...* La caméra avait saisi d'autres tours de vampire. Des petits crétins de seconde qui sortaient leur frime : l'un soulevait le piano à queue d'une main, un autre transformait les invités en panaches de brume. L'exubérance juvénile habituelle, des vampires ivres des pouvoirs tout neufs dont les dotait la transformation.

Un nœud glacé commença à se former dans le ventre de Mimi. Qui avait bien pu les filmer ? Les fêtes sang-bleu étaient strictement fermées : vampires, familiers et futurs familiers seulement. C'était le règlement. Ceci brisait toutes les règles du Code. Ils étaient *exposés*. Et en ligne, en plus ! Est-ce que quelqu'un d'autre avait vu cela ? Mimi sentit les petits cheveux de sa nuque la picoter.

La scène s'estompa et un court texte apparut.

« Les vampires existent. Ouvrez les yeux. Ils sont parmi nous. Ne croyez pas à leurs mensonges.

La Maîtresse n'est pas morte ! »

La qui ? La quoi ? Mimi en était encore à digérer ce qu'elle venait de lire lorsque l'écran se transforma de nouveau. Une autre pièce, mais à présent on voyait la fille ligotée, bâillonnée, les yeux bandés, toujours impossible à identifier. Attachée avec de la corde de *Venator*, Mimi le voyait aux coutures argentées. Que se passait-il donc ? Qu'était-il arrivé ? Et qui était cette fille ?

L'écran vira au noir et un texte apparut.

« Au premier croissant de lune,
Regardez brûler le vampire. »

Une allumette flambait et des flammes envahissaient l'écran. Des flammes sombres et fuligineuses qui dansaient autour d'un centre couleur d'ébène. Le feu noir de l'enfer.

Mimi referma son ordinateur d'un geste brusque. Elle s'aperçut qu'elle tremblait. C'était une blague, pas vrai ? Un invité de la fête avait décidé de réaliser une vidéo amusante. C'était tout. Forcément. Jaime Kip et Bryce Cutting avaient dû la monter pour lui faire peur. Ils ne digéraient toujours pas qu'elle soit leur Régente. Pour eux, ce n'était qu'une plaisanterie.

Mais tout de même, Mimi ne dormit pas bien cette nuit-là. Elle aurait voulu oublier l'incident, l'effacer et, comme toute adolescente normale, se remettre à compter ses amis en ligne. Mais c'était impossible. Elle était leur chef. Elle était responsable de la sécurité de chaque vampire de l'Assemblée. Elle ne perdrait personne tant qu'ils seraient sous sa surveillance. Pas question. Pas cette fois. Pas après le déni aveugle de Charles, qui n'avait pas cru à l'existence des sang-d'argent... et pas après la trahison de Forsyth. Quoi que ce fût – une nouvelle menace sang-d'argent, ou autre chose ? –, elle devait être préparée à l'affronter. Elle devait agir. On ne lui avait pas envoyé cette vidéo par hasard.

SEIZE

La Conspiration

L'écran de soixante pouces accroché au mur montrait le visage terrifié de la jeune vampire, en image arrêtée. En ce lundi matin, Mimi parcourut du regard la table de réunion pour s'assurer que tout le monde avait bien vu. Elle avait séché un cours, mais même Trinity ne pouvait pas prétendre que ceci importait moins qu'un contrôle de mandarin niveau avancé.

Autour de la table étaient assis des membres de la Conspiration, le sous-comité qui traitait des relations entre sang-rouge et sang-bleu et qui diffusait dans le monde de fausses informations sur les vampires. Les membres de la Conspiration comptaient dans leurs rangs plusieurs auteurs de romans à succès, dont l'un avait disséminé l'idée amusante que les vampires exposés au soleil, au lieu de mourir, se mettaient à sentir la rose. Il y avait aussi des producteurs de cinéma qui perpétuaient le mythe du pieu dans le cœur et de la décapitation dans un grand nombre de films d'horreur. La plupart étaient contrariés d'avoir dû s'arracher à leurs activités lucratives pour assister à une réunion d'urgence. Il y avait des années que la Conspiration n'avait pas tenu de séance plénière.

117

Seymour Corrigan, Aîné du Conclave et chef de la Conspiration, ouvrit les débats.

– Quelqu'un sait d'où cela peut venir ?

– On dirait un boulot à toi, Harry, plaisanta Lane Barclay-Fish, l'auteur de *Du sang et des roses*, celui qui avait eu l'idée géniale des vampires à parfum floral.

Il se tourna vers Harold Hopkins, producteur exécutif d'une série télé populaire sur les vampires qui passait actuellement sur une prestigieuse scène du câble.

– Pas moi... Dans ma série, les humains n'utilisent notre sang que comme vitamines. Vous savez, pour la longévité, tout ça... gloussa Harold, un vampire chauve qui portait des lunettes noires en intérieur.

La Sentinelle Corrigan se racla la gorge.

– Je ne vois pas ce qu'il y a de drôle.

– Seymour a raison, ça n'a rien de drôle, renchérit Mimi. Cette vidéo a été filmée au cours d'une vraie fête. C'est l'une des nôtres que l'on voit, pas une des starlettes surpayées d'Harold.

Elle se désolait de constater que même après tout ce qui s'était passé, ils pouvaient encore être si désinvoltes quand l'un des leurs disparaissait. Elle savait qu'ils ne faisaient que masquer leur angoisse, mais c'était de mauvais goût.

– Tout à fait, tout à fait, s'excusa Lane. Je propose qu'on fasse croire aux sang-rouge qu'il s'agit d'une bande-annonce de film. Un film de Josie, peut-être.

Josephine Mara était la jeune réalisatrice qui montait. Elle avait le look pincé et stressé de ceux qui sont débordés en permanence. Au cours de l'année passée, elle avait promu plusieurs films d'horreur « underground » au rang de *blockbusters*. Ce n'était pas bien difficile de faire des films d'épouvante.

Étant vampire elle-même, elle n'avait pas besoin de payer des effets spéciaux. Elle les créait, tout simplement.

Elle sourit finement.

– Bien sûr, pourquoi pas. Je dirai que c'est la suite des *Mémoires d'Eidolon*, dit-elle en citant son succès le plus récent, une histoire de pensionnat de jeunes filles hanté.

– Vous vous rappelez, quand une familière avait écrit un livre pour tout balancer sur nous, dans les années 1800 ? demanda Harold.

– Oui ! Heureusement que nous avons convaincu son éditeur de le vendre sous l'appellation de roman, a enchaîné Lane en hochant la tête. À quoi pensait-elle, cette femme ? Et ce titre ! *À la recherche de l'amour éternel*, je vous demande un peu. Lord Byron a fait bien des dégâts avec son romantisme échevelé.

Harold haussa les épaules.

– Ah, celui-là, on peut dire qu'il était porté sur les dames ! Mordues et abandonnées, qu'elles étaient. Et ensuite, ces pauvres femmes se retrouvaient prises de langueur et tout le toutim. Ça doit être dur, quand même. Quel gâchis.

– Je regrette le bon vieux temps, l'époque où c'était facile, soupira Lane. Vous vous rappelez quand on a trouvé l'idée du comte Dracula ? Qu'est-ce qu'on a rigolé ! On en a envoyé, des touristes, en Roumanie ! Les sang-rouge croient vraiment n'importe quoi.

– C'était une bonne blague, renchérit Annabeth Mahoney, la créatrice d'un jeu vidéo très en vogue, *Blood Wars*, dans lequel des vampires se battaient entre eux.

De l'avis de Mimi, la Conspiration était parfois un peu légère dans sa manière de disséminer des contrevérités trop proches de la réalité.

– Mesdames, messieurs, les coupa-t-elle en s'éclaircissant la voix. J'apprécie beaucoup cette promenade au jardin des souvenirs – ou plutôt des souvenirs manipulés – mais le problème n'est pas seulement une faille dans notre sécurité. Même si nous arrivons encore à faire croire aux sang-rouge à une fiction hollywoodienne, l'auteur de ce film en sait trop sur nous. Il nous met tous en danger. C'est bien le feu de l'enfer que vous avez vu là. Et l'une des nôtres a disparu.

Mimi se tourna vers les *Venator* jumeaux assis à sa droite. Elle avait relevé Sam et Ted de leur mission précédente pour les affecter à celle-ci.

– Sam, que savons-nous jusqu'ici ?

Sam prit la souris et cliqua sur une icône de l'écran ; il réduisit la vidéo et fit apparaître une photo d'une jolie rousse. C'était la même que dans le petit film.

– La sang-bleu en question est Victoria Taylor. Dix-sept ans. En terminale à Duchesne. Elle a été vue pour la dernière fois à une fête donnée par Jaime Kip chez lui, où cette vidéo a été tournée. Rien d'irrégulier dans sa transformation, à la connaissance du Comité. Les veines bleues à quinze ans, les fringales, tout. Pas de comportements déviants, pas d'actes aberrants dans son historique. Nous avons vérifié dans les archives du Sanctuaire. Une bonne famille de l'Assemblée.

Il cliqua de nouveau pour montrer une autre photographie. Celle-ci représentait un beau garçon aux cheveux blonds ébouriffés et au sourire creusé de fossettes.

– Et voici son familier humain, Evan Howe, seize ans, en première à Duchesne, lui aussi porté disparu depuis la fête. Ted, tu veux continuer ?

– Bien sûr.

Le frère sortit un calepin de la poche de son manteau et lut ses notes.

– Jusqu'à présent, la vidéo a circulé sur Internet et ce qu'a suggéré Lane est déjà fait. Les sang-rouge croient à une bande-annonce.

Les membres de l'assistance hochèrent la tête.

– Nous avons donc répandu cette idée en faisant circuler des rumeurs sur un film à venir intitulé *Suçons*. Le genre faux documentaire, caméra à l'épaule. Pour l'instant, le public a l'air de marcher. Mes excuses à l'avance envers les membres les plus talentueux du groupe... je ne prétends pas savoir faire votre boulot. Sam et moi avons demandé aux techniciens de bidouiller un peu cette séquence, et la nouvelle bande-annonce fait le tour du Web en ce moment même.

Sam cliqua sur la souris et la terrible vidéo repassa. À la fin apparaissait une accroche : *Suçons*, lisait-on en lettres rouge sang. *Bientôt dans les salles.*

– Je le mets sur mon profil IMDB dès que possible, acquiesça Josephine. *Suçons*... j'aime bien. Bon titre.

– Bon, au moins, la question de la sécurité est réglée, soupira Sam. Mais passons au vrai problème. Nous pensons qu'il s'agit là d'une menace réelle et que Victoria a été enlevée par des éléments hostiles. Nous ne savons pas encore où elle se trouve ni qui la séquestre. Ses parents sont sur l'île Moustique, où ils comptaient passer toute la belle saison. Ils reviennent aujourd'hui par le premier avion, mais ils ne l'ont pas vue depuis des mois et, d'après ce que j'ai compris, ils ne sont pas très au courant de sa vie quotidienne.

De vrais parents sang-bleu, songea Mimi. Comme leurs « enfants » n'étaient pas réellement leur progéniture, la plupart des vampires avaient des liens de famille très relâchés. Mimi se félicitait toujours que Charles et Trinity, bien qu'ils ne soient que ses parents de cycle, aient été plus attentifs qu'indifférents. Elle aurait pu tomber sur bien pire, comme le montraient les Taylor.

– Et le sang-rouge ? demanda-t-elle.

– Ses parents se sont révélés un peu plus à la hauteur de la situation. Ils ont rempli une demande de recherche de personne disparue la semaine dernière. Le lycée garde le silence et évite la presse, bien sûr. Nous ne pouvons plus nous permettre de mauvaise publicité. Mais s'il ne réapparaît pas bientôt, ces sang-rouge vont prévenir FNN. (Sam eut un sourire ironique.) D'habitude, Force News Network fait ses choux gras de ce genre de choses. Des gosses de riches qui disparaissent, des scandales dans l'Upper East Side, etc. Mais je suppose que la chaîne va étouffer cette histoire-là...

– Bien sûr. Ils n'obtiendront rien de nous, promit Mimi.

– Nous sommes remontés jusqu'à l'adresse IP de l'ordinateur qui a téléchargé la vidéo, poursuivit Sam. Elle menait à un poste fantôme. Nous avons mis un technicien sur le coup. Le premier croissant est la première apparition de la lune montante. Dans sept jours. Nous allons donc traiter l'affaire comme un compte à rebours. Nous sommes au jour 1. Il ne nous en reste plus que six.

– Et tu es sûr que ce n'est pas un coup des sang-d'argent ? demanda Mimi.

– Ça ne leur ressemble pas de se dévoiler publiquement ni d'employer ce genre de moyens. Ils ne sont pas... modernes, dirons-nous. Non. Nous sommes pratiquement certains qu'il s'agit d'autre chose. Nous pensons à une menace humaine.

Annabeth poussa une exclamation étouffée.

– Les humains sont-ils seulement capables d'une chose pareille ? C'est absurde. C'est le mouton qui attaque le berger.

– Malheureusement, la chose n'est pas impossible, intervint Ted. C'est une question d'effectifs, et ils ont toujours été bien plus nombreux que nous.

– S'ils découvrent qui nous sommes, ajouta Sam, qui sait ce qui peut arriver ? Le Conclave a toujours veillé scrupuleusement à ce que notre existence demeure invisible dans leur monde. Car sinon...

– Ça n'arrivera pas, un point c'est tout, le coupa Ted. Nous allons mettre fin à tout cela.

– D'après ce que nous pouvons deviner, la personne qui a réalisé cette vidéo est un humain proche de notre communauté, déclara Sam d'un ton grave. Un familier, c'est peu probable, puisque la *Caerimonia* scelle la loyauté de l'humain à son ou sa partenaire vampire ; les familiers humains sont, par définition, incapables de nous faire du mal. C'est donc forcément quelqu'un d'autre. Un humain qui sait tout de nous et pourtant n'est pas lié à un vampire. Nous avons consulté les archives pour voir quels humains, à supposer qu'il y en ait, ont accès à la résidence des Kip : les Intermédiaires sont notre meilleure piste. C'est difficile à imaginer, mais ils ont les clés du Sanctuaire : ils sont donc susceptibles d'avoir accès au feu de l'enfer.

Le feu de l'enfer était gardé au plus haut niveau de sécurité du Conclave, dans le sous-sol le plus profond du Sanctuaire. Il était presque impensable qu'un vulgaire Intermédiaire ait pu s'y introduire sans alerter les gardes *Venator*, mais pour le moment, il n'y avait pas d'autre explication.

Mimi se mordit les joues.

– Vous allez interroger tous les Intermédiaires présents ce soir-là. Torturez-les s'il le faut. N'ayez aucune pitié.

– C'est de cela que je voulais te parler. Nous allons fouiller dans leurs souvenirs, bien sûr. Mais celui ou celle qui a fait une chose pareille sait comment nous travaillons et a probablement tout prévu à l'avance, peut-être suffisamment pour se protéger. On enseigne aux Intermédiaires quelques notions de base sur le *Glom*... et avec quelques notions de base, on peut aller très loin.

– Et si c'était l'un d'entre eux qui les interrogeait, s'il les poussait à se trahir ? suggéra Mimi, qui avait immédiatement pensé à Oliver. J'ai précisément la personne à qui nous pourrions demander cela.

Elle avait lu les rapports élogieux du Sanctuaire. Oliver était hautement réputé pour sa loyauté et sa discrétion. Autre avantage : s'il lui rendait des comptes directement, elle pourrait le garder à l'œil et surveiller ses communications. Mais le convaincre de coopérer était une autre paire de manches. Si seulement elle n'avait pas été si désagréable avec lui l'autre jour ! Ce ne serait pas une mince affaire, elle le sentait.

– Ça pourrait marcher, pourquoi pas ? confirma Sam Lennox.

Lane tambourina sur la table.

– On dirait que nous tenons un plan. Avons-nous terminé ? Je dois déjeuner chez *Michael's* avec mon éditeur et je suis en retard. Nous envisageons de donner une suite à mon livre.

– Encore des roses ? le taquina Annabeth.

– Un vrai festival de roses chez les immortels, mes amis ! (Lane leva le poing dans un geste de solidarité.) La Conspiration n'est pas morte !

La Sentinelle Corrigan toussa dans son mouchoir.

– Apparemment, les *Venator* gèrent la situation, dit Harold. De notre côté, nous allons nous débrouiller pour qu'on ne parle plus que du film sur le Web. Nous écraserons toute insinuation que cela pourrait être « réel ». Remarquez, cela peut aussi nous faire une bonne publicité, ajouta-t-il avec un regard entendu en direction de Josephine, qui opina du chef.

– Très juste, approuva Mimi. Josephine, vous lancez le tournage de ce film. Lane, Harold, Annabeth, continuez ce que vous faisiez. Merci d'avoir pris le temps de venir à cette réunion.

Mimi prit congé des membres de la Conspiration à mesure qu'ils sortaient de la salle. Elle serra la main de Seymour Corrigan.

– Trop de gens, dans la Conspiration, pensent que leur travail n'est que de la poudre aux yeux, lui dit la Sentinelle. Cet enlèvement, c'est du sérieux.

Mimi hocha la tête.

– Nous trouverons celui qui se cache derrière tout cela. Vous avez ma parole.

– Et nous ? Et l'autre mission ? s'enquit Ted en rassemblant ses papiers.

– Tu veux parler de mon frère ? demanda Mimi pendant que la Sentinelle Corrigan sortait à petits pas.

Sam hocha affirmativement la tête.

– Nous nous sommes laissé dire qu'il n'était plus sous la protection de la comtesse. Nous allions nous lancer dans des recherches plus exhaustives.

Mimi soupira. Son vœu le plus cher était de lâcher les *Venator* jumeaux sur la piste de Jack et Theodora. Ramener son traître de frère à sa botte. Quel bûcher ce serait ! Mais elle savait que cela devrait attendre. Elle ne pouvait pas laisser tomber la pauvre Victoria Taylor.

– Non. Pour le moment, concentrez-vous sur ceci. Il faut retrouver cette fille. Et l'auteur de cette vidéo.

Ted la salua.

– Tout ce que vous voudrez, m'dame.

L'équipe se dispersa et Mimi s'attarda à la table en tambourinant du bout des doigts. Elle sentit brièvement son ancien enthousiasme revenir lui courir dans les veines. Soudain, elle n'était plus paralysée par la haine ni suffoquée par une frustration mal définie ; elle avait un but, qui la comblait. Elle allait trouver le coupable, elle l'écraserait sous la pointe de ses talons aiguilles. Et elle y prendrait plaisir. Personne ne menaçait les vampires. Personne.

Dix-sept

La recrue

C omme s'y attendait Mimi, Oliver snoba sa convocation. Elle en fut donc réduite à le pourchasser le lendemain après-midi. Comme il était encore élève à Duchesne, ce ne fut pas bien difficile. Elle le trouva devant son casier, où il était en train de ranger sa trompette après la répétition. Il n'y avait pas de fanfare à Duchesne (trop vulgaire), mais un orchestre qui se produisait tous les ans au Kennedy Center.

– Je ne savais pas que tu jouais, observa-t-elle.

– Il y a des tas de choses que tu ne sais pas sur moi, grommela Oliver. Qu'est-ce que tu veux, Force ? Tu as encore une lampe à casser ?

Mimi croisa les bras et fronça les sourcils.

– Pourquoi n'es-tu pas venu dans mon bureau hier, comme ma secrétaire te l'avait demandé ?

Il haussa les épaules et prit son sac de livres.

– Je me suis dit que tu voulais encore la même chose, et la réponse est toujours non.

Son manque de respect exaspérait Mimi, et bien qu'elle sût

que cela n'arrangerait rien de le braquer encore davantage, elle ne put résister.

– Pourquoi est-ce que tu gardes une photo d'elle dans ton casier ? C'est pitoyable, tu sais. Elle n'en a rien à faire de toi. Plus maintenant. À supposer qu'elle se soit souciée de toi un jour.

Oliver soupira bruyamment en levant les yeux au ciel.

– Tu ne veux pas te taire ?

– Comme je te le disais hier, c'est une idiotie de croire qu'un vampire puisse se soucier de son familier. Enfin, bien sûr, le comportement de sa mère aurait pu te faire imaginer le contraire, mais jamais ce n'était arrivé dans l'histoire de l'Assemblée, et crois-moi...

– La ferme, Force. Tu ne sais pas de quoi tu parles. Et d'ailleurs, c'est pour ça que tu es là ? Pour me blesser avec Theodora ? Tu n'as pas mieux à faire, comme par exemple sauver le monde des vampires maboules au sang argenté ?

Il referma son casier et s'engouffra dans le couloir, si vite que Mimi dut courir pour le rattraper. Ils s'attirèrent quelques regards curieux de la part des autres élèves. Tout le monde savait qu'ils ne pouvaient pas s'encadrer.

Mimi lui barra le passage et chuchota pour dissuader d'éventuelles oreilles indiscrètes :

– Écoute, tu es sûrement au courant que la Conspiration s'est réunie hier.

– Ouais. J'ai vu la bande-annonce sur Internet. Il semblerait bien que Josephine Mara nous prépare un nouveau tour. Encore un film plein de « suçons » bien baveux, grinça-t-il en mimant des guillemets.

– C'est ce que nous voulons faire croire. La vidéo est vraie.

Oliver s'arrêta net pour la regarder.

– Minute. Comment ça, « vraie » ? Tu veux dire que...

– Que l'Assemblée connaît la première menace sur sa sécurité depuis un siècle. C'est Victoria Taylor qu'on voit dans le film. C'est tourné chez Jaime Kip ; il a donné une petite fête pour ses dix-huit ans. Elle a disparu le soir de la fête. Nous avons cinq jours pour la retrouver avant qu'elle ne soit brûlée vive.

– Mais en quoi est-ce que tu as besoin de moi ? Les *Venator* n'ont pas pris la situation en main ?

– Celui ou celle qui a fait ça connaît notre fonctionnement. Il faut donc agir autrement. Nous avons besoin que tu parles aux autres Intermédiaires, que tu découvres qui a pu vendre la mèche, qui était à la fête, qui nous en veut.

Oliver secoua la tête et haussa les sourcils.

– Et pourquoi je devrais vous aider ?

– Tu es un scribe du Sanctuaire. Tu travailles pour moi.

– Pas tout à fait, objecta-t-il en contournant Mimi.

C'était le mois de novembre à New York, et il faisait froid. Oliver voûta les épaules dans sa fine veste de lainage.

– Je travaille pour le Sanctuaire, qui est placé sous l'autorité de Renfield. Il te faudra une autorisation de sa part si tu veux que je sois transféré au bureau de la Régence. Je te garantis que cela prendra trois mois. Renfield est très à cheval sur le règlement et les procédures. Il n'aime pas se laisser bousculer par les vampires.

Mimi serra la mâchoire. Oliver avait raison. Ce vieux schnock d'humain n'allait pas lui céder Oliver comme cela ; il allait enterrer l'affaire sous la paperasserie.

– Bon, d'accord ! Alors tu dois m'aider parce que quelqu'un

est en danger et que je sais que tu es un type bien, et que tu ne vas pas laisser mourir un vampire comme ça.

– Les vampires ne meurent pas, fit remarquer Oliver. Ils se font recycler, pas de danger qu'ils arrêtent de nous pomper. Tu ne connais pas ta propre histoire ?

– Notre ennemi possède le feu noir ; le sang de la victime sera brûlé, expliqua Mimi. Ça ne te dit rien, ça ?

– Et qu'est-ce que ça peut me faire ? trancha sèchement Oliver. Ce n'est pas mon problème. Désolé, mais c'est non. Envoie la demande de transfert à Renfield. On se revoit dans trois mois.

Mimi était un peu interloquée. Il était clair que le Sanctuaire surestimait sa loyauté envers l'Assemblée. Elle ne comprenait pas pourquoi il se montrait si agressif. Était-ce simplement de la contrariété, une antipathie personnelle pour elle, ou la peine d'avoir été abandonné par Theodora ? De toute manière, Mimi comprit qu'elle s'en fichait. Oliver s'entêtait pour rien. Leur relation n'entrait pas en ligne de compte, ni leur animosité personnelle. Une vie immortelle était en jeu.

– Bon Dieu, Perry ! Tu sais de quoi tu parles, au moins ? s'écria-t-elle.

À cet éclat de voix, plusieurs têtes se tournèrent vers eux. Mimi les fusilla du regard. Elle avait envie de trépigner, mais elle maîtrisa ses émotions. Elle était assez forte pour mener une armée d'anges au combat, mais elle n'arrivait pas à convaincre un imbécile de sang-rouge ? Elle décida d'essayer quelque chose qui lui était totalement étranger.

– Écoute, je sais ce qui se passe, je sais... que tout comme moi, tu souffres.

Voilà. Elle l'avait admis.

Oliver boudait toujours, mais Mimi continua.

– Je trouve simplement que... eh bien, que peut-être, en travaillant là-dessus, tu pourrais atténuer un peu ta douleur. Ça t'occuperait l'esprit. (Exaspérée, elle passa les mains dans ses cheveux.) Moi, ça m'aide, alors peut-être que ça pourrait t'aider aussi. Ne serait-ce qu'un peu.

Oliver, qui triturait sa veste du bout des doigts, soupira.

– Eh bien, ce qui ne ferait pas de mal, ce serait que tu demandes, une fois de temps en temps. Au lieu d'exiger, comme tu le fais en général.

– Comment ça ? fit-elle, les yeux plissés.

– Tu pourrais demander gentiment. Tu sais, au lieu de menacer et d'user de ton influence comme une espèce de dictateur du tiers-monde. Il ne te manque que le béret rouge, les épaulettes et les Ray-Ban Aviator, expliqua-t-il en agitant les mains autour d'elle. On dirait Amin Dada en blonde.

– C'est qui, celui-là ? Laisse tomber. Tu veux dire : « S'il te plaît, Oliver, aide-moi à trouver le traître » ?

– Exactement.

Cette fois, c'est elle qui leva les yeux au ciel.

– Très bien. S'il te plaît, Oliver, peux-tu m'aider à trouver le traître ?

Elle se sentait comme une gamine de trois ans qui se fait gronder par ses parents pour ses mauvaises manières.

Oliver sourit.

– Alors, Mimi, c'était si dur ? Ne dis rien. Je sais que ça l'était. Mais bien sûr, je me ferai un plaisir de t'aider, puisque c'est demandé si gentiment. Que dois-je faire ?

DIX-HUIT

Usual Suspects

E n règle générale, Mimi n'appréciait pas la compagnie des sang-rouge, sauf s'ils étaient savoureux. Elle s'était gavée d'un bon nombre de nouveaux familiers pour supporter cette semaine stressante. Mais à moins d'être accrochée à leur cou pour leur sucer le sang, elle ne s'intéressait absolument pas à eux. Elle s'étonna donc de découvrir qu'elle ne haïssait pas Oliver autant qu'elle s'y attendait, et que travailler avec lui n'était pas la torture qu'elle imaginait. Il leur restait quatre jours avant l'apparition du croissant de lune, et Mimi constatait avec soulagement que, conformément à ce qu'on lui avait dit, Oliver était un enquêteur minutieux et compétent. Le lendemain matin, il avait déjà réuni tous les Intermédiaires qui avaient assisté à la fête chez Jaime Kip.

Comme seule une poignée de familles sang-bleu perpétuait cette pratique, il ne restait que quatre Intermédiaires à New York qui auraient pu être présents sans éveiller la méfiance des autres invités. Oliver fit entrer chacun des suspects dans une petite pièce du Sanctuaire que les *Venator* utilisaient pour leurs interrogatoires, sous le regard de Mimi qui les observait derrière un miroir sans tain.

Gemma Anderson s'assit en face d'Oliver. C'était la petite-nièce de Christopher Anderson et l'Intermédiaire de Stella Van Rensslaer.

– Que se passe-t-il ? lui demanda-t-elle. Stella m'a dit que tu voulais me voir dès que possible. Est-ce que j'ai fait quelque chose de mal ? C'est au sujet de Corey et elle ? Je l'ai prévenue qu'elle allait le saigner à blanc, à ce rythme. Mais Stella ne sait pas s'arrêter ; elle n'apprendra jamais.

Mimi fut choquée par l'attitude désinvolte de Gemma envers ses supérieurs. C'était cela que racontaient les Intermédiaires derrière leur dos ? Que les sang-bleu n'étaient qu'un ramassis de suceurs de sang ? Quelle impertinence !

– Non, ça n'a rien à voir avec Corey, dit Oliver. Remarque que si Stella se fait prendre à transgresser la règle des quarante-huit heures de repos, le Comité lui donnera un avertissement. Ils ne punissent pas ce genre de délits en ce moment, vu qu'ils ont d'autres soucis que les histoires de familiers. Il s'agit de la Conspiration.

Il fit apparaître la vidéo sur son ordinateur portable et la lui montra.

– Bah oui, je l'ai déjà vue, et alors ? Un vampire un peu frimeur a voulu se la péter sur Internet. Ça devait arriver, depuis l'invention de YouTube. Félicitations pour le bobard, d'ailleurs. Tous ceux que je connais ont hâte de voir *Suçons*. Bonne idée, les vampires au bûcher. Ça fera peur aux petits.

Gemma croisa les jambes et agita le pied avec impatience.

Oliver haussa les épaules comme si tout cela n'avait aucune importance.

– Je crois comprendre que tu étais chez Jaime le soir où ceci a été filmé ?

Il avait enfin réussi à intéresser Gemma.

– Ça vient de la fête de Jaime ? (Elle scruta de nouveau l'écran.) Oh mon Dieu, c'est vrai ! Ben oui, on y était.

– Tu as remarqué quelque chose d'inhabituel ? Quelqu'un avec une caméra ? Elles sont très miniaturisées, de nos jours.

La fille plissa le front et secoua la tête.

– Non, pas vraiment. Ça ressemblait à n'importe quel festin de sang. Tous les trucs de vampires, quoi. Hémoglobine à gogo.

– Quand as-tu vu Victoria pour la dernière fois ce soir-là ?

Gemma se tut un instant.

– Je crois l'avoir vue entrer dans la pièce du fond avec Evan. Pour avoir un peu d'intimité, tu vois ce que je veux dire. Et après, je l'ai vue traîner avec Bryce, Froggy et le fût de bière. Stella et moi, on est parties à une autre fête : elle voulait retrouver Corey à une soirée au *Riverhead*. Mais attends, il est arrivé quelque chose à Vix ? Je ne l'ai pas vue au lycée de toute la semaine.

Oliver hésita.

– Il y a eu un incident, oui. Elle est rentrée chez elle à cinq heures du matin, ivre de sang. Ses parents ont décidé qu'ils n'aimaient pas ses fréquentations et l'ont envoyée en pension à Le Rosey : sa mère est une ancienne élève.

C'était l'histoire qu'avait concoctée le Conclave, et depuis son poste d'observation derrière la vitre, Mimi espérait que les amis de Victoria y croiraient.

– Ah bon ? Ils ont flippé à ce point ? Ils m'ont toujours paru plutôt cool, pourtant.

– Victoria n'est pas le problème. Le Conclave s'inquiète de la fuite sur vidéo. Nous avons la chance que la Conspiration ait pu s'en occuper avant que les sang-rouge n'aient des soupçons, mais il nous faut tout de même trouver qui est derrière tout ça. Tu comprends bien que c'est très grave.

Gemma hocha rapidement la tête.

– Bien sûr.

Oliver leva son stylo.

– Puis-je te demander comment tu décrirais ta relation avec Stella ?

La jolie Intermédiaire se renversa en arrière dans son siège et croisa les bras.

– Ah, je vois. Les vampires croient que c'est nous qui avons fait le coup. Un Intermédiaire humain, je me trompe ? C'est pour ça que tu voulais me voir.

– Je n'ai pas dit ça.

– Non, mais je suis ici et je ne vois personne poser de questions à Booze, ni à Jaime, ni à aucun de ces types-là. Leur sang est tellement bleu qu'ils sont au-dessus de tout soupçon, alors que nous, nous ne sommes que les domestiques qui ont l'honneur de garder le Grand Secret, je comprends. (Elle soupira.) Bon, d'accord. Je vais te parler de mes relations avec Stella. À part le fait qu'elle m'emprunte trop de fringues, on est bonnes copines. Je veux dire... tu sais bien ce que je veux dire. L'amour, la haine, c'est un peu la même chose.

– Tu ne... tu ne lui en veux pas de sa position par rapport à toi ?

Gemma souffla d'indignation.

– Mais non, pourquoi devrais-je lui en vouloir ? Stella est une petite princesse vampire pourrie gâtée, mais c'est *ma* petite princesse vampire pourrie gâtée, tu vois ? Ma famille travaille pour les Van Rensslaer depuis des années. Stella est comme une sœur pour moi, on se comprend. Je ne veux pas faire de sentimentalisme, mais être un Intermédiaire... c'est un honneur, tu comprends ? Pourquoi est-ce que je ferais une chose pareille ? Tourner une vidéo ? La mettre sur Internet ? C'est simplement... Non. (Elle ravala quelques larmes.) Tu veux savoir franchement ? Je pense que nous gardons les secrets des vampires mieux qu'ils ne les gardent eux-mêmes. Bryce et les autres, ils n'arrêtent pas de frimer quand ils croient que personne ne les surveille. Ils courent trop vite. Ils soulèvent un bureau avec un doigt. Je m'étonne que ça ne soit pas arrivé plus tôt. Sans ces effaceurs de souvenirs qu'ils utilisent comme des Kleenex, le monde entier serait déjà au courant.

Les trois entretiens suivants furent de la même eau. Les Intermédiaires se montrèrent tous aussi abasourdis, aussi vexés que l'on puisse insinuer qu'ils soient capables de révéler les secrets des vampires, aussi contrariés par cette simple idée. Mimi n'avait pas besoin de lire dans leurs pensées ni de goûter à leur sang pour savoir qu'ils disaient vrai. Elle était émue par la farouche loyauté dont ils faisaient preuve. Pourquoi Charles avait-il donc cessé de les utiliser ? Elle aurait bien aimé le savoir. Elle entra dans la pièce après le départ du dernier Intermédiaire et prit place face à Oliver.

– Alors, quel est le verdict ? Qui est notre Judas ?

– Pas un Intermédiaire, en tout cas, on peut déjà éliminer cette hypothèse, dit le garçon en se levant et en étirant les bras au-dessus de sa tête. Celui ou celle qui a enlevé Victoria et tourné cette vidéo n'est pas l'un d'eux. Tous les alibis sont en béton. L'équipe technique n'a rien trouvé dans leurs ordinateurs, et les *Venator* n'ont rien vu de suspect dans leurs têtes.

– Je sais, j'ai vu les rapports, soupira Mimi. Ils sont tous tellement loyaux, c'est dingue !

– Et si on s'y prenait mal ? suggéra Oliver.

– Comment ça ?

– Victoria est séquestrée, et son familier aussi a disparu. Les *Venator* prennent Evan pour un incapable, mais si... (Oliver se rassit.) Il a été son premier familier humain, et ça ne fait pas longtemps qu'ils sont ensemble. D'après ce que je comprends, le Baiser sacré sur le canapé était le premier.

– Tu veux me faire croire qu'il faut considérer Evan Howe comme suspect ?

– Vu qu'on n'en a pas, moi je dis qu'il en vaut un autre.

Mimi balaya l'idée d'un geste de la main.

– Tu ne peux quand même pas imaginer que...

Oliver haussa les épaules.

– Je ne fais qu'en parler.

– Mais tu es bien placé pour savoir que la *Caerimonia* condamne les familiers humains à aimer leurs maîtres vampires. Jamais un familier ne... jamais il ne pourrait... (Elle secoua la tête avec véhémence.) Ça ne peut pas arriver. Même les *Venator* ont exclu cette idée. Le Baiser sacré rend la chose impossible. Impossible.

– Rien n'est impossible. D'accord, ça n'est jamais arrivé, mais cela ne signifie pas que ça ne *peut* pas arriver à l'avenir. Qui sait ? Le pouvoir de la *Caerimonia* peut avoir été corrompu, ou amoindri, on ne sait pas.

– Mais c'est grotesque ! Le Conclave me rira au nez rien que pour avoir soulevé l'idée !

Oliver était têtu.

– Quand même, il faut enquêter là-dessus.

DIX-NEUF

Au QG des Venator

C'était parfois douloureux de voir les jumeaux Lennox. Cela rappelait trop à Mimi sa mission avec Kingsley. Elle avait parcouru le monde en faisant équipe avec lui pendant un an, toujours proche de lui pendant tout ce temps, à part une séparation à Rio. À New York, ils avaient eu trop peu de temps ensemble, et trop tard. Elle n'avait compris ses vrais sentiments pour lui qu'à la toute fin, et à présent il n'était plus là. Une bulle de chagrin enfla en elle, mais elle la repoussa : elle n'avait pas le temps de s'apitoyer sur son sort.

Elle était reconnaissante à Sam et à Ted de ne jamais en parler. Les frères étaient trop discrets pour cela. Ils lui avaient demandé de les retrouver au quartier général des *Venator*, une ancienne HLM tout au fond du West Village. On était jeudi, à trois jours du croissant de lune, et elle commençait à angoisser. Les *Venator* faisaient de leur mieux, mais jusque-là, ils n'avaient rien trouvé de significatif. Ils auraient au moins dû tenir un suspect, à l'heure qu'il était ; un indice, quelque chose. Ils étaient des sang-bleu – des gardiens de l'histoire secrète, des vampires qui connaissaient la vérité sur le monde –, ils n'avaient pas l'habitude qu'on les menace, qu'on leur cache des choses.

Mimi franchit le portail et laissa le dispositif de sécurité prélever une goutte de sang à son doigt pour l'identifier. L'intérieur miteux était complètement à l'opposé des lignes pures et design de la tour Force. Elle pinça les lèvres en voyant la rampe d'escalier poussiéreuse, les marches cassées et le papier peint qui se décollait. Les *Venator* avaient emménagé ici au XIXe siècle, et rien n'avait changé depuis. Elle eut un flash de souvenir : elle se revit venir à la saison des bals de débutantes, un jour où toute l'Assemblée avait été convoquée pour témoigner sur la disparition de Maggie Stanford.

– Par ici ! l'appela-t-on joyeusement.

Ted lui faisait signe depuis le palier.

– L'ascenseur est en panne.

– Évidemment, grogna Mimi entre ses dents.

Les dortoirs occupaient le rez-de-chaussée et le premier étage. Comme les *Venator* étaient sans cesse en déplacement, c'était le Comité qui se chargeait de les loger. Beaucoup de chambres étaient vides. Pour servir en tant que *Venator*, il fallait faire preuve d'un courage, d'un honneur et d'une loyauté extraordinaires sur au moins cinquante vies. Mais même si le Conclave avait placé la barre plus bas pour que davantage de vampires puissent être admis, les effectifs étaient encore insuffisants.

Très peu de sang-bleu aspiraient à la carrière de *Venator* de nos jours. Cordelia Van Alen avait raison : la plupart des vampires se contentaient volontiers d'une vie de sang-rouge ultra-privilégié ; des humains avec une touche d'immortalité, un peu plus d'argent et pas trop de responsabilités. Mimi se demanda pourquoi elle ne pouvait pas se sortir Cordelia de la tête. Comment était-il possible que Cordelia Van Alen, une alarmiste, une adepte de la théorie du complot, ait pu avoir tant de prescience tandis que son père, Charles Force, qui avait dirigé les vampires depuis le début, se montrait si obtus ?

Ted la fit entrer dans le bureau qu'il partageait avec son frère, un espace exigu bourré de livres et de technologie policière antédiluvienne amassée par les jumeaux au fil des ans : kits à empreintes digitales, détecteurs de mensonges analogiques, étiquettes jaunissantes pour les pièces à conviction, jumelles cassées. Ted, en particulier, aimait l'idée vieillotte que se faisaient les sang-rouge de l'application de la loi. Les *Venator* n'avaient aucun besoin de tout cela, puisque l'essentiel de leur travail se déroulait dans le monde obscur du *Glom*.

Quoi qu'il en soit, ils suivaient en partie les mêmes procédures que leurs homologues humains. Des photos de tous les invités à la fête de Jaime Kip étaient accrochées au mur, par ordre de statut sanguin et de position : SB, SR, FAM, INT. Mimi observa attentivement les clichés. Une photo 24 x 32 tirée de son propre book de mannequin figurait en plein milieu. Cela voulait-il dire qu'elle-même était suspecte ? Elle connaissait à peine Victoria, bien qu'elles appartiennent à la même bande de la jeunesse dorée.

– Alors, quoi de neuf ? demanda-t-elle en se penchant sur le bureau encombré de hautes piles de dossiers et de classeurs.

Elle se saisit d'une paire de menottes en acier et se mit à jouer avec.

Sam fit le tour du bureau en roulant dans son fauteuil. Il avait des cernes noirs sous les yeux. Mimi se rappela que, des deux frères, Sam était celui qui s'impliquait le plus dans les missions. Clairement, la frustration commençait à le marquer.

– L'équipe technique a réussi à identifier l'ordinateur qui a chargé la vidéo, dit-il. Nous avons retrouvé sa trace malgré la connexion fantôme – elle passait directement d'ici à Moscou – et la ligne nous a menés à un cybercafé de l'East Village. Nous avons la liste de tous ceux qui s'y trouvaient l'après-midi où la vidéo a été envoyée, et on peut tous les éliminer. De jeunes sang-rouge normaux, sans aucun rapport avec l'Assemblée. (Il soupira.) Mais la bonne nouvelle, c'est que nous avons pu entrer en contact avec Victoria dans le *Glom*. Nous avons donc la confirmation qu'elle est en vie. Terrifiée et mutique, mais vivante. Il y a quand même un hic : sa signature est voilée... On n'arrive pas à la localiser physiquement.

– Un sort de masquage, peut-être ? hasarda Mimi.

– Nous avons essayé tous les contre-sorts que l'on peut opposer à un *oris*, mais s'il s'agit bien d'un sort de masquage, c'en est un que nous n'avons jamais vu, expliqua Ted d'un air las, appuyé contre le chambranle de la porte. Si c'est un sort de masquage, le coupable ne va pas prendre le risque de la déplacer : on ne peut pas bouger un corps sans retirer le masque. Ce que nous pensons, c'est qu'elle est encore dans la pièce où la fin de la vidéo a été filmée. Donc, si on peut deviner où cela se trouve, nous pourrons aller la chercher. Nous avons repassé la vidéo des dizaines de fois à la recherche d'un indice qui nous permettrait de la localiser.

– Et alors ?

Ted secoua la tête et jeta un papier froissé à la corbeille.

– Pas encore. Mais nous avons tout de même un élément intéressant. Tu te rappelles le scandale des messages subliminaux, dans les années cinquante ? Non ? Tu n'étais pas en cycle à l'époque ? Mais tu en as entendu parler, n'est-ce pas ? Ce que nous avons trouvé ressemble un peu à cela, sauf que personne ne s'en sert pour vendre du Coca ou du pop-corn. Montre-lui, Sam. C'est tout au début.

Sam réveilla l'écran de son portable, et tous trois s'attroupèrent autour pour regarder. Il passa la vidéo au super-ralenti : trois cents images par seconde. Mimi regarda le noir envahir l'écran, et puis, le temps d'un battement de cils, apparut l'image d'un lion montant sa femelle.

D'accooord...

– Ce n'est pas fini, dit Sam en cliquant sur avance rapide. L'image suivante apparut au milieu de la séquence prise à la fête. On y voyait une tête de bélier sur une pique : les yeux morts ouverts et fixes, la langue pendante, des mouches sur la charogne. La dernière image apparaissait une seconde avant la fin du film : un cobra royal, dressé et prêt à frapper.

– Et alors ? demanda Mimi avec impatience en faisant bruyamment cliqueter les menottes.

Ils cherchaient une disparue et son équipe de choc lui montrait des photos de documentaires animaliers.

– Nous pensons à une sorte de code, de message. Nous avons demandé à Renfield d'y jeter un œil. On verra si le Sanctuaire saura nous cracher une explication.

– D'accord. Je doute que ça puisse nous aider à trouver Victoria, mais ça ne peut pas faire de mal non plus.

Mimi s'écarta du bureau et se tourna face aux « garçons ». Elle les verrait toujours comme des petits jeunes : techniquement,

Azraël étant l'un des Premiers-Nés, elle était des siècles plus âgée qu'eux, même s'ils étaient des Immortels et des *Venator* expérimentés.

– Autre chose ?

– Eh oui, dit Sam en se redressant sur sa chaise et en se penchant rapidement en avant. Nous avons retrouvé Evan Howe. Ou du moins, nous savons où il est.

Mimi posa les menottes.

– Il sait où Victoria pourrait se trouver ?

– Sans doute pas. Mais comme tu voulais que nous le gardions à l'œil... c'est ce que nous avons fait. On pensait bien qu'il referait surface tôt ou tard, une fois remis de la *Caerimonia*. Tu sais que le premier baiser est toujours le plus difficile, conclut-il avec une grimace.

– Et ?

Ted sortit de sa poche une carte de visite.

– Un témoin l'a vu prendre un taxi pour Newark.

– Newark ? Qu'est-ce qu'il peut bien aller faire là-bas ? ricana Mimi.

Qu'irait faire un petit prince choyé de l'Upper East Side dans une banlieue pourrie du New Jersey ?

– Il n'y a rien à Newark pour quelqu'un comme Evan !

– Rien que des bâtiments abandonnés et une maison de sang.

Il tendit la carte à Mimi. Elle frissonna en la lisant.

– C'est pas vrai.

« Le Club des Familiers », était-il écrit en lettres rouges pleines d'arabesques.

– C'est le seul endroit où il peut logiquement se trouver. Je suis navré, dit Sam.

– Je ne le connais pas. Je ne suis pas... mais c'est juste... bredouilla Mimi.

Une maison de sang ? Evan Howe ? Ce beau garçon à fossettes ? Il n'avait que seize ans... Il était si jeune...

Ted haussa les épaules.

– Tu voulais savoir. Eh bien, c'est là qu'il est. Mais crois-nous sur parole, inutile d'y aller. Ça n'en vaut pas la peine. Ce gosse humain n'a rien à voir avec celui qui a enlevé Victoria. Les familiers ne sont pas comme ça, tu sais. Et si tu vas là-bas, tu ne trouveras rien d'autre que la même vieille histoire. Vieille comme Rome.

VINGT

La maison de sang

Newark était située juste de l'autre côté du fleuve, à un saut de puce par le pont, et ces derniers temps, l'image de la ville s'était légèrement améliorée. Mais en règle générale, Mimi, comme beaucoup d'habitants de Manhattan, évitait de se rendre dans le New Jersey si ce n'était pour gagner l'aéroport (et donc filer ailleurs). Et encore, elle n'allait qu'à l'aérodrome de Teterboro, d'où décollaient les jets privés. Elle avait quitté le QG des *Venator* quelques heures plus tôt et n'avait fait aucun commentaire pendant que la voiture passait devant les charmants faubourgs de bord de mer pour les emmener de plus en plus loin dans des quartiers industriels miteux. Elle était bien contente de ne pas être seule ce soir-là.

– C'est ici, indiqua Oliver à son chauffeur. Vous pouvez nous déposer devant.

Il avait gardé le silence pendant les trois quarts d'heure du trajet, et n'avait pas eu l'air trop surpris lorsqu'elle lui avait révélé où ils allaient chercher Evan.

Après avoir quitté les *Venator*, Mimi était passée le chercher au Sanctuaire où il se trouvait depuis l'après-midi de la veille, à visionner la vidéo en boucle en cherchant des indices. Elle lui parla des trois images découvertes par les jumeaux.

– Les scribes décrypteront ce que c'est. Tout est au Sanctuaire, lui assura Oliver.

– J'aimerais bien en être aussi sûre que toi.

Elle espérait aussi que leur visite à la maison de sang ne serait pas une perte de temps, même si les *Venator* en étaient persuadés.

Mimi descendit de voiture à la suite d'Oliver et regarda autour d'elle d'un œil torve. C'était un quartier d'entrepôts abandonnés et de terrains vagues. La rue était jonchée de bouteilles brisées et de seringues usagées. Il y avait une décharge entourée de fils de fer barbelé, et plusieurs chiens errants, maigres et pouilleux, arpentaient la rue. Elle frémit.

– Viens, je crois que c'est par ici, dit Oliver en la guidant vers le bâtiment le plus proche, où Mimi vit une porte en acier marquée d'une traînée de peinture rouge.

La porte s'entrouvrit.

– Il faut être membre pour entrer, gronda une voix éraillée.

Oliver fit un signe de tête à Mimi, qui sortit sa réplique :

– Je suis une amie du club. Il nous faut une chambre.

La porte se claqua puis se rouvrit. Une femme d'aspect rustique, entre deux âges et qui mâchait un chewing-gum, leur bloquait le passage. Mimi avait entendu parler de ces vampires de bas étage – qui vivaient généralement en dehors de l'Assemblée –, mais elle n'en avait jamais vu.

– Il faudra payer le tarif de nuit, et si vous voulez autre chose à la carte, c'est en supplément.

Mimi lui tendit sa carte de crédit, et Oliver et elle reçurent l'autorisation d'entrer. Ils se retrouvèrent dans un petit hall de réception : deux fauteuils baignant dans une lumière écarlate. La maîtresse des lieux les toisait.

– Fille ou garçon ?

Mimi haussa les épaules. Comme elle ne savait pas au juste ce qu'on leur demandait, c'est Oliver qui répondit :

– Euh... fille, s'il vous plaît.

Ils regardèrent avec une fascination malsaine un groupe de filles sang-rouge, dont le cou arborait des traces de morsures fraîches, encore sanguinolentes, s'aligner devant eux. Les filles avaient l'air hébété et drogué, usé et épuisé. Elles portaient des robes décolletées ou des déshabillés vaporeux. Certaines avaient à peine vingt ans.

Mimi connaissait l'existence des maisons de sang, bien sûr. Elle n'était tout de même pas née de la dernière pluie. C'étaient des endroits où se rendaient les familiers abandonnés pour revivre le Baiser sacré avec n'importe quel vampire. C'était une pratique dégoûtante : la *Caerimonia* était intime et sacrée, on n'était pas censé la dévoyer et la brader ainsi. Si le Baiser sacré assurait qu'aucun autre vampire ne puisse prendre un humain déjà marqué, il existait une magie ancienne et sombre qui éliminait le poison. C'était un processus dangereux qui affaiblissait l'humain, mais ceux qui arrivaient jusqu'à cet établissement ne s'en souciaient guère. C'était le dernier refuge pour les anciens familiers, ainsi que pour les sang-bleu qui ne rechignaient pas à exploiter les humains de cette manière. Inutile de dire que c'était absolument contraire au Code et hautement illégal. Les *Venator* y faisaient des descentes une fois de temps en temps, mais ce n'était pas une grande priorité, avec tout ce qui se passait d'autre.

Cela sentait le sang et le malheur, l'amour dilapidé et usé. Les visages des familiers étaient creux et vides, leurs yeux morts et vitreux.

– Toi, ça ira, dit Mimi, qui se sentit au bord de la nausée en choisissant l'une des plus jeunes filles du lot.

– Deuxième chambre à droite, aboya la tenancière en leur indiquant la balustrade.

Ils enfilèrent le couloir. Les chambres méritaient à peine ce nom : c'étaient à peine plus que des alvéoles fermées par des rideaux qui masquaient les couples à l'intérieur. Ils trouvèrent l'emplacement qui leur était attribué et installèrent la fille sur le lit – un simple matelas posé au sol.

– Ils pourraient au moins se payer un futon chez Ikea, commenta Mimi en retroussant les lèvres.

– Reste ici, ordonna Oliver à la fille en l'aidant à s'allonger. Dors. (Il se tourna vers Mimi.) Ils ne les laissent même pas se reposer.

Mimi hocha la tête. Elle pointa le doigt vers le couloir d'en face.

– Tu prends ces chambres-ci, moi celles-là.

– D'accord.

– Sois prudent.

– Il n'y a rien à craindre ici ; tout le monde est tellement parti qu'on ne nous remarquera même pas, observa tristement Oliver.

– Tu es déjà venu ?

Il ne répondit pas.

– Tu m'appelles si tu le trouves.

Mimi, en écartant le premier rideau, tomba sur un vampire qui se nourrissait de deux humaines à la fois ; tous trois étaient étendus sur le lit en une étreinte languide. Le vampire, un mâle blond, leva les yeux de la gorge pâle la plus proche de lui.

– Tu veux te joindre à nous ? proposa-t-il en souriant. Elle est exquise.

Mimi fronça les sourcils et referma le rideau. Dans le box suivant, elle trouva une fille sang-bleu endormie en chien de fusil à côté d'un garçon humain. Comme ce n'était pas Evan, elle les laissa tranquilles. Elle allait ouvrir le rideau suivant – *Voyons ce que cache la porte n° 3 !* songea-t-elle avec une pointe d'hystérie – lorsqu'elle entendit le chuchotement farouche d'Oliver par-dessus les grognements et les bruits de succion.

– Il est là.

Elle courut jusqu'à l'autre bout du couloir. Le rideau était ouvert et Oliver se tenait à côté de la forme flasque d'Evan Howe. Le jeune homme avait disparu depuis moins d'une semaine et il était déjà méconnaissable. Squelettique, les cheveux sales, les joues creuses, plus de fossettes. *Plus d'Evan, à vrai dire*, pensa Mimi. Pas avec ce regard vague et sans vie. Quand trop de vampires pompaient le sang d'un humain, cela pouvait entraîner une forme légère de la schizophrénie qui affligeait les Corrompus. Mimi se souvint des yeux morts de la tête de bélier et fut saisie d'un frisson glacé.

– Il est vivant, constata Oliver. Evan, lève-toi.

Le garçon se redressa en position assise. Il envoya à Mimi un sourire salace.

– Salut, beauté.

– Mimi Force. (Elle lui serra la main.) Evan, nous avons quelques questions à te poser au sujet de Victoria.

– Qui ?

153

Il bavait.

– Victoria Taylor, tu sais ? Ta... ta petite amie ? lui rappela prudemment Mimi.

– Ah, ouais. Vix. Elle m'a largué.

Ses yeux s'étaient animés à la mention de son nom.

– Quand l'as-tu vue pour la dernière fois ? s'enquit Oliver d'une voix douce en s'agenouillant pour parler au garçon.

Evan voûta les épaules.

– J'en sais rien.

– Tu ne te souviens pas de la fête chez Jaime Kip ? intervint Mimi. Le week-end dernier ?

– C'est qui, Jaime Kip ? Bon, vous allez me pomper le sang, oui ou non ? s'énerva Evan en commençant à peloter Mimi dans sa robe courte.

Elle le repoussa et échangea un regard tendu avec Oliver, qui l'aida à rallonger le garçon sur le matelas, où il s'endormit d'un coup.

– Combien de vampires l'ont eu ? chuchota Mimi à Oliver.

Ce dernier croisa les bras et secoua la tête.

– Beaucoup, sans doute... Il est dans un sale état. Je suis même étonné qu'il se soit souvenu de Victoria.

– On se souvient toujours de son premier.

Du moins, c'était vrai chez les familiers. Ils n'oubliaient jamais : ils n'avaient pas le choix. Mais les sang-bleu ? Se souvenait-elle du premier humain avec lequel elle avait pratiqué la *Caerimonia* ? Comment s'appelait-il ? Scott quelque chose ?

– Fouille dans sa tête, proposa Oliver.

Mimi acquiesça. Elle visita l'inconscient d'Evan dans le *Glom*. Elle le vit se réveiller le samedi matin sur le canapé de l'appartement de Jaime Kip, seul, groggy et désorienté, mais heureux. Durant tout le week-end, il était resté dans le brouillard. Puis l'effet s'était dissipé. Mimi avait déjà vu des gens faire cette tête : le premier éblouissement de l'amour. Il composait un numéro sur son portable. Il appelait Victoria. Il avait besoin d'elle. Il l'aimait plus que jamais. Il se rendait chez elle, mais pas de Vix. Il appelait tous ses amis. Personne ne savait où elle était. Un jour passait. Il commençait à se gratter, à trembler. Le manque. La *Caerimonia* l'avait lié à elle pour la vie. Il en voulait encore, voulait qu'elle lui pompe le sang, mais elle était partie. On était à présent mardi. Il était fiévreux. Il perdait les pédales. Mercredi. Il ne rentrait pas chez lui, n'allait pas au lycée. Comme dans un rêve, il se retrouvait à la maison de sang. Il y était depuis. Les *Venator* avaient raison : il n'avait rien à voir avec la disparition de Victoria. Il n'était qu'une victime de plus. Un dommage collatéral.

– Evan, nous voulons te ramener chez toi, dit-elle en le secouant. Tes parents s'inquiètent pour toi.

– Je ne pars pas. Je ne pars pas d'ici.

Il secoua la tête, et ses yeux eurent un éclair de limpidité.

– Dorénavant, chez moi, c'est ici.

Mimi suivit Oliver dans l'escalier. Elle récupéra sa carte de crédit et ils sortirent. Elle s'aperçut qu'elle frissonnait. Combien de familiers avait-elle eu ? Trop pour qu'elle puisse les compter. Certains s'étaient-ils retrouvés là quand elle en avait eu fini avec eux ? En avait-elle condamné beaucoup à ce sort ? Avait-elle fait cela à des gens ? Aux garçons dont elle s'était servie ? Elle ne les avait jamais aimés, mais elle n'avait jamais souhaité non plus qu'ils se retrouvent dans cet état. Elle savait qu'elle était indifférente et égoïste... mais elle n'était pas... elle n'avait pas...

– Non, dit Oliver. Je sais à quoi tu penses, mais ça ne se passe pas comme ça. Bien sûr, quelques-uns d'entre nous y succombent, mais pas tous. On peut lutter. Cela s'appelle le self-control. Seuls les faibles finissent ici. Ou les malchanceux. Le vampire d'Evan a disparu après le premier baiser. C'est là que le manque est le plus fort. Quand on l'a déjà fait plusieurs fois, on s'habitue. Au sentiment d'être incomplet.

– Alors... il y a des familiers qui vont bien ? Même si ça ne leur est plus jamais arrivé ? demanda-t-elle avec espoir.

– Bien sûr. Tout le monde ne tombe pas dans la dépendance. On apprend à vivre avec : c'est comme une tristesse qui ne veut pas partir. (Il haussa les épaules.) Du moins, à ce qu'on m'a dit.

Ils étaient dehors, sur le trottoir sale. Mimi eut envie de lui poser une main sur l'épaule pour le consoler, mais elle ignorait s'il apprécierait le geste. Elle préféra lui parler :

– Tu ne finiras jamais comme lui. Ne t'inquiète pas.

– J'espère, répondit Oliver. Mais on ne sait jamais.

Pendant un instant, Mimi haït plus que jamais Theodora Van Alen, mais cette fois cela n'avait rien à voir avec Jack.

L'Échangé

Giovanni Rustici, ou Gio, comme tout le monde l'appelait, était le **Venator** le plus récent du groupe, mais déjà un des meilleurs. Il était également fin sculpteur, bien plus talentueux que Tomi ne le serait jamais. En l'espace de quelques mois, il était devenu l'apprenti favori du maître. Dre était toujours en déplacement ; il avait des affaires à régler à Sienne, ce qui signifiait qu'il ne rentrerait pas avant quinze jours. La journée, Tomi et Gio travaillaient sur le portail du baptistère, et la nuit, ils patrouillaient dans les rues de la ville, infatigables et mal à l'aise.

Tomi confia à Gio son inquiétude à propos de la connexion entre sang-d'argent et sang-rouge et de ses implications possibles.

– Il est peut-être temps d'aller voir notre ami l'Échangé, suggéra Gio.

L'Échangé vivait dans les égouts de Florence. La créature n'avait pas vu la lumière du jour depuis un siècle ; elle était ratatinée, aveugle et misérable. Comme ce Croatan était trop faible pour mettre en danger le moindre vampire, Andreas avait décrété qu'on n'y touchait pas, d'autant qu'il représentait une source d'informations précieuse. En échange de ses renseignements, les Venator le laissaient donc en vie.

C'était l'Échangé qui les avait avertis qu'un de ses semblables avait infiltré la garde du palais.

L'Échangé n'était pas content de les voir.

Tomi ignora ses sifflements et traça un symbole sur le mur de sa caverne.

– Nous avons trouvé cette marque sur un humain. Dis-nous ce que tu sais.

Gio piqua légèrement le sang-d'argent du bout de son épée.

– Réponds-lui, monstre, ou nous te renverrons à ta vraie place.

L'Échangé s'esclaffa.

– Je ne crains pas l'enfer.

– Il y a bien pire que le monde des Ténèbres, l'avertit Tomi. Ton maître t'en veut certainement de l'avoir renié depuis Rome. S'il est de retour, il se vengera sur ceux qui lui ont tourné le dos. Qui a imprimé cette marque sur l'humain ? Que signifie-t-elle ?

Gio bourra la créature de coups de poing.

– Réponds-lui !

– Je ne sais pas, je ne sais pas ! répondit l'Échangé en tremblant. Tout ce que je sais, c'est qu'aujourd'hui, votre ami Savonarole a été nommé cardinal, ajouta-t-il avec un sourire rusé.

– Et alors ?

– Le bon père est un sang-d'argent.

– Il ment, renifla Gio. Savonarole n'est pas un Croatan.

Tomi hocha la tête. Le frère pétruvien avait été Venator avant d'entrer dans les ordres.

– Il a été corrompu, transformé en Abomination après Trieste, leur révéla l'Échangé.

158

Trieste : une équipe d'éclaireurs s'était fait attaquer par la horde de sang-d'argent qu'elle traquait. Mais les Venator avaient quand même remporté la victoire... du moins c'était ce que Tomi avait toujours cru.

– Qui d'autre est au courant ? demanda Gio avec autorité.

– Andreas del Pollaiolo, chuchota l'Échangé.

VINGT ET UN

L'Autorité suprême

D es réunions sans fin. Depuis qu'elle assumait le titre de Régente, la vie de Mimi n'était plus qu'un marathon de conférences interminables et de débats stériles. Il n'y avait pas cours aujourd'hui, à cause d'une réunion pédagogique quelconque, et dans sa vie d'avant elle aurait passé une journée tranquille : brunch tardif suivi d'un massage, petite tournée de lèche-vitrines sur Madison, thé à l'hôtel *Pierre*, puis sieste avant d'aller dîner dans le dernier restaurant en vogue.

Elle n'avait plus le temps pour de telles broutilles. Elle passait ses journées enfermée dans son bureau, à relire des mémos et à superviser divers sous-comités. L'équipe de *Venator* chargée de retrouver Forsyth Llewellyn fut la dernière à venir au rapport. La *subvertio* de Kingsley gardait le Léviathan et Lucifer enfermés dans le monde des Ténèbres, mais leurs complices étaient toujours en cavale. Les *Venator* rapportèrent un témoignage qui localisait Forsyth en Argentine, et Mimi donna son feu vert pour envoyer l'équipe dans cette direction.

Quant à Victoria, Mimi commençait à s'inquiéter de son sort. Ils n'y voyaient pas plus clair qu'au premier jour, et la lune décroissait vite. Bientôt, une nouvelle lune monterait sur l'horizon ; une lune que les sang-bleu appelaient le « premier croissant » : la fine courbe dans le ciel qui annonçait le renouveau.

Depuis le dimanche soir, Mimi n'avait pas reçu de nouveaux e-mails louches, mais ce calme ne lui disait rien qui vaille. Sam et Ted avaient mis tous les *Venator* de New York sur l'affaire, mais cela suffirait-il ? Des siècles de guerre l'avaient dotée d'une compréhension inhérente de la stratégie de bataille, elle connaissait à fond l'armée et le combat... mais ce danger-ci était nouveau, malin et imprévisible. Elle craignait que les sang-bleu ne soient trop accoutumés à la domination qu'ils exerçaient, trop confiants dans leur force et leur pouvoir pour être en mesure d'affronter le kidnapping et la subversion.

Mimi se prit la tête entre les mains et réfléchit à s'en faire exploser la cervelle. Elle avait lu tous les livres, consulté l'histoire des *Rex*, l'histoire de l'Autorité, des réactions en temps de crise, étudié toutes les décisions prises pour amener leur Assemblée jusqu'à ce point, ici et maintenant. Myles Standish (Michel, le Cœur pur) avait promis aux sang-bleu qu'ils trouveraient un refuge sûr dans le Nouveau Monde ; c'était une rupture avec l'Assemblée européenne. Pour ce faire, il avait invoqué l'Autorité suprême. C'était tout. Mimi pouvait en faire autant. Il lui restait une ressource en cas d'échec des *Venator*. Bien sûr que c'était possible. Il y avait toujours une solution. Elle n'était pas démunie. C'était écrit noir sur blanc dans le Code des vampires ouvert devant elle : « L'Autorité suprême : Le *Rex* (ou le Régent) doit prendre toutes les précautions possibles pour assurer la sécurité de l'Assemblée par tous les moyens nécessaires. »

Cela donnait une idée à Mimi. La puissance de l'Autorité suprême lui permettait de faire sauter tous les verrous. Comment n'y avait-elle pas songé plus tôt ? C'était très simple, en fait. Le ravisseur de Victoria dissimulait sa localisation en masquant sa signature dans le *Glom*. Mais si les verrous sautaient, tous les sang-bleu seraient visibles dans le monde des esprits. Tout sort jeté sur Victoria serait annihilé, et les *Venator* pourraient alors aller la chercher.

Mais c'était risqué. Les verrous qui protégeaient les vampires de l'Assemblée dissimulaient leur esprit immortel dans le *Glom* et préservaient le *sangre azul* contre les nombreux dangers du monde crépusculaire. Sans les verrous, ils étaient pratiquement réduits à des sang-rouge. Mais ce ne serait que pour un instant très bref, raisonna Mimi : le temps d'entrer et de ressortir, en un clin d'œil. Elle les réinstallerait à l'instant où ils auraient repéré Victoria.

Il fallait qu'elle essaie. Si les *Venator* échouaient, elle ferait sauter les verrous. Elle espérait ne pas avoir à en arriver là, mais le cas échéant, elle serait prête. Elle n'allait pas laisser brûler Victoria.

Pourtant, en dépit du danger, la vie continuait pour Mimi. Sa vie sociale, en particulier. Elle n'avait pas intérêt à rater trop d'engagements sur son calendrier : l'Assemblée se serait mise à jaser, puis à s'inquiéter, puis à paniquer. Mimi ne pouvait pas se le permettre. Il y avait déjà assez de ragots et d'agitation comme cela, avec tous les événements du mois précédent. Elle allait devoir calmer les troupes, leur montrer qu'il n'y avait pas lieu de s'inquiéter. Ils étaient encore des sang-bleu ; ils étaient les illuminés, les bénis et les damnés.

Ce soir, on donnait l'ouverture d'un opéra au Centre Lincoln, et Mimi y était attendue. Elle éteignit son ordinateur. Il fallait qu'elle rentre se changer. Naguère, elle se serait réjouie de cette occasion de porter une nouvelle robe fabuleuse et d'exhiber ses bijoux. Mais à présent, cette obligation lui pesait. Ce qu'elle voulait, c'était chercher Victoria, être au Sanctuaire avec Oliver, ou dans le *Glom* avec les *Venator*. Pas à un gala mondain futile.

Après leur visite à la maison de sang, Mimi avait pris la résolution de suivre les règles du Comité en ce qui concernait le soin aux familiers humains. Elle avait retrouvé son premier, qui était en quatrième année à l'université de New York. Il se souvenait de leur liaison comme si c'était hier, et s'était fait un plaisir de lui conter l'événement. Scott était un familier comme elle les aimait : beau et bête. Elle espérait que son incapacité totale à analyser ses sentiments lui permettrait de ne jamais se retrouver dans une maison de sang après ce qu'elle lui avait fait. En tout cas, il était vraiment séduisant et, ce soir, éblouissant dans son smoking.

Ils entrèrent dans le hall, déjà un peu en retard, Mimi tenant la traîne de sa robe du soir pour que Scott ne marche pas dessus. Elle salua du geste quelques visages connus : les jeunes don Alejandro et Danielle Castañeda, récemment rentrés de Londres après leur cérémonie du lien ; il y avait aussi Muffie Astor Carter, l'air serein en soie pêche. Helen Archibald, épouse de l'Aîné du Conclave Josiah Archibald et l'une des plus grandes pipelettes de l'Assemblée, aborda Mimi en descendant l'escalier.

– Madeleine, j'ai vu les Taylor hier au ballet. Gertrude avait une mine terrible. Elle n'a rien voulu me dire, mais il paraît que quelque chose de terrible est arrivé, quelque chose en rapport avec cette horrible vidéo que mon fils m'a montrée. Que se passe-t-il donc ?

Les *Venator* avaient averti Mimi que malgré l'intervention de la Conspiration, le bruit courait toujours chez les sang-bleu que des sang-d'argent étaient à l'origine de la vidéo. Cela provoquait des ondes de peur au sein des plus vieilles familles.

– Nous contrôlons la situation, l'apaisa Mimi. La Conspiration s'en est occupée. Une poignée de petits crâneurs, des jeunes membres du comité qui ont voulu faire les malins, rien de plus.

– Moi, je dis que vu ce qui est arrivé à votre cérémonie d'union, il faudrait peut-être envisager de dissoudre l'Assemblée. Nous serions peut-être plus en sécurité... si nous ne représentions pas une cible... comme avant.

– Vous voudriez que nous recommencions à nous terrer ? la coupa sèchement Mimi. Je ne sais pas pour vous, mais moi, j'aime vivre au-dessus du sol.

Depuis les noces calamiteuses, il se chuchotait dans l'Assemblée que le temps était peut-être venu de se disperser et de redescendre se cacher sous terre. Mimi rejetait l'idée, qu'elle trouvait trop anxiogène. Elle n'avait aucun désir de retourner à l'âge des Ténèbres, et elle était horrifiée d'apprendre que des membres du Conclave pouvaient l'envisager.

– Vous parlez en véritable ange noir, persifla Helen. Vous ne vous souciez que de ce qui vous arrange. Vous nous mettrez tous en danger. Nous ne l'accepterons pas.

Mimi était abasourdie. Elle était consciente que tout le monde à l'Assemblée n'était pas ravi d'avoir Azraël comme

Régente, et que beaucoup n'oubliaient ni ne leur pardon-
naient, à Abbadon et à elle, leur rôle dans la révolte contre le
Tout-Puissant. Ils leur en voulaient sans doute encore d'avoir
été bannis. Mais le lui jeter à la figure de la sorte !

– Pardon, dit-elle en bousculant Helen pour passer.

Elle en avait par-dessus la tête, de l'impudence de ces dissi-
dents en tenue de soirée. Dans l'auditorium, la sonnerie
résonna pour rappeler aux invités de s'asseoir. Elle suivait
Scott vers les portes de l'orchestre lorsque son téléphone
sonna. Oliver.

– Quoi ? aboya-t-elle. Les portes vont se fermer et tu sais
qu'ils n'admettent pas les retardataires, ici.

– T'inquiète. Quand tu auras entendu ce que j'ai à te dire,
rater le premier acte sera le dernier de tes soucis.

VINGT-DEUX

Choux et vignes

— Je pense qu'on a peut-être localisé Victoria, annonça Oliver d'un ton lugubre.

Depuis leur visite à la maison de sang, il avait obtenu la permission de manquer des cours à Duchesne et passait de nouveau ses nuits et ses jours enfermé au Sanctuaire à visionner la vidéo. Il avait enfin trouvé un indice permettant de savoir où était séquestrée la jeune fille.

— Madame ? Si vous voulez vous donner la peine d'entrer ? demanda le placeur d'un air impatient, la main sur la double porte, pendant que Scott tripotait ses boutons de manchette.

— Ne quitte pas, dit-elle à Oliver.

Elle soupesa la possibilité de parler tout bas dans son portable pendant que le ténor entonnerait son aria. Mais Trinity l'avait trop bien élevée. Mimi fit signe à son cavalier d'entrer.

— Vas-y, il faut que je réponde. Je te retrouve à l'entracte.

Elle s'éloigna des portes et se dirigea vers la fontaine.

— On l'a retrouvée ? demanda-t-elle en appuyant le téléphone contre son oreille, impatiente et pleine d'espoir.

– Pas encore. Mais nous nous rendons sur place en ce moment même.

Mimi fusilla du regard les ouvreurs qui lui faisaient signe de se taire.

– Où ça ?

– À l'hôtel *Carlyle*.

– Je te retrouve là-bas.

Le trottoir devant le *Carlyle* fourmillait de sang-rouge. En traversant la foule, Mimi entendit murmurer des mots comme « alerte à la bombe » ou « évacuation ». Elle montra son badge du Conclave à l'équipe de sécurité et pénétra dans le lobby récemment vidé de tous ses occupants. Oliver se tenait avec une troupe de *Venator* qui avaient sécurisé les alentours de l'ascenseur.

– Pardon pour *Parsifal*. C'est mon opéra préféré, dit-il en guise de salutations.

Mimi n'avait pas de temps à perdre avec les traits d'esprit d'Oliver.

– Où est-elle ?

– D'après nous, dans la suite du dernier étage. Elle est louée pour le mois à je ne sais quel acteur, mais il n'y a personne depuis des semaines, d'après le gérant de l'hôtel.

– Comment sait-on qu'elle est là ?

– On n'en sait rien. On le devine. (Il appuya sur le bouton du dernier étage.) Je sais que les *Venator* concentrent leurs efforts sur les images subliminales, mais je me suis dit qu'on devrait peut-être regarder de plus près la vidéo elle-même. Je l'ai visionnée plan par plan et j'ai trouvé quelque chose dans l'ombre. J'ai demandé à un technicien de m'agrandir cette zone de l'écran.

Il lui montra l'image sur son téléphone.

– Qu'est-ce que je regarde, là ? demanda Mimi.

Cela ressemblait à un tas de gribouillis, sans rien de palpitant. Certainement pas assez pour évacuer tout un lobby d'hôtel et perturber toute une soirée dans cet établissement de prestige. Wendell Randolph, le nabab sang-bleu qui était propriétaire du *Carlyle*, allait sûrement mal le prendre. Mimi vit qu'elle avait déjà sept messages de lui.

– C'est le papier peint qui se trouve derrière sa tête. La brillance de la corde de *Venator* l'éclaire un peu. C'est un motif célèbre du créateur William Morris, appelé « Choux et vignes », dont la production s'est arrêtée dans les années 1880. Mais quand cet hôtel a été construit dans les années trente, la même fabrique l'a réédité spécialement pour l'établissement. Depuis les travaux de rénovation de l'an dernier, seules quelques chambres ont conservé ce papier. Nous avons déjà fouillé les deux autres. Celle-ci est la dernière.

– On est ici à cause d'un papier peint ? Vous avez fait évacuer un hôtel entier – en imposant une compulsion massive à tous ces sang-rouge – à cause d'un papier peint ?

Elle s'efforçait de ne pas sembler trop incrédule, mais elle avait du mal.

– Nous n'avons rien d'autre, s'excusa Oliver. Tu dis que personne ne mourra sous ta surveillance. Il faut tout essayer, non ?

Les portes de l'ascenseur s'ouvrirent, et Mimi vit Sam et Ted se mettre en position en face d'une porte de la suite. Le reste de l'équipe s'était déployé dans le couloir.

169

– On a le feu vert ? demanda Ted.

Mimi en resta interdite. Jusque-là, ils avaient agi sans la consulter, alors à quoi bon suivre le protocole maintenant ? Il était trop tard pour reculer. C'était peut-être une simple politesse qu'ils lui faisaient puisqu'elle était arrivée sur les lieux. D'un autre côté, cela valait mieux que la grossièreté d'Helen Archibald. Elle allait faire plaisir à ses *Venator*.

Elle hocha la tête.

– Affirmatif. *Go.*

La force d'intervention surgit dans la pièce et envahit les lieux en lançant des bombes de *Glom*, toutes épées brandies, étincelantes.

Une fille était ligotée sur une chaise.

Hélas, ce n'était pas Victoria.

Ils avaient surpris l'acteur, une star hollywoodienne, de retour depuis la veille au soir avec sa nouvelle petite amie. À la vue des *Venator* en armes, tout vêtus de noir, il laissa tomber son magnum de champagne et s'évanouit.

VINGT-TROIS

Le pub

Après l'échec et l'embarras de la descente au *Carlyle* – que Mimi s'était empressée de mettre sur le dos d'Oliver pour écarter toute critique de ses *Venator* –, elle retrouva les frères Lennox à leur pub habituel le lendemain soir. La nuit était noire, et dans moins de vingt-quatre heures le premier croissant de lune apparaîtrait dans le ciel. Le temps était presque écoulé. Elle savait que les garçons n'allaient pas apprécier ce qu'elle était sur le point de leur dire, mais elle n'avait pas le choix. Elle était Régente, à présent ; c'était à elle de décider. Elle n'allait pas perdre l'un des leurs. Elle espérait qu'ils avaient de bonnes nouvelles pour elle.

Le pub avait été un *speakeasy* du temps de la Prohibition, à l'époque où les sang-bleu étaient les seuls fournisseurs d'alcool de la ville. L'endroit avait gardé ses doubles portes d'origine, l'œilleton pour surveiller les alentours, la sciure par terre, les bancs en pin noueux où étaient gravés des noms d'amis et d'ennemis.

Des *Venator* de tout poil – vétérans joviaux au visage buriné, la cigarette pendant à la lèvre inférieure, et nouvelles recrues

171

sveltes, tout droit sorties de Langley (la CIA avait été fondée par un *Venator*, et le centre d'entraînement originel des sang-bleu se trouvait dans la même région) – côtoyaient quelques étudiants de la fac de New York, entrés par hasard sans se douter une minute qu'ils étaient entourés d'agents de la police secrète des vampires. Il y avait un billard, un jeu de fléchettes et une ardoise derrière le bar pour compter les tournées.

Mimi trouva Sam assis dans le fond, entouré de chopes vides, et prit place en face de lui.

– À moi de parler, annonça Ted en rapportant trois pintes de bière brune et amère surmontée d'une couche de blonde. Mimi n'aimait pas le goût de la bière – elle préférait les martini dry ou le vin –, mais elle n'avait pas envie de faire des histoires. Elle prit une petite gorgée. Pas si mal, en fait. Pas aussi fort que le sang... elle se souvint du goût du sang de Kingsley : doux-amer. Sa gorge se serra, ses yeux se mouillèrent, et pendant un instant elle crut qu'elle allait craquer. Mais elle se maîtrisa.

– D'abord, vas-y mollo avec l'Intermédiaire, dit Sam. Hazard-Perry avait de bonnes intentions. C'était bien deviné. Ce gosse n'a pas dormi depuis des jours. Personne ne travaille autant que lui.

– Peut-être, mais ce gros prétentieux de Wendell Randolph veut ma peau pour « utilisation abusive des forces de police ». Il dit qu'il va demander un vote blanc lors de la prochaine assemblée générale.

– Il n'en fera rien, la contra Ted avec un geste dédaigneux de la main. C'est du bluff. Tu es tout ce qu'ils ont, et ils le savent bien.

– Peut-être. Écoutez, les gars, j'ai quelque chose de difficile à vous dire. (Elle prit sa respiration.) Je sais que nous avons tous travaillé très dur cette semaine, et j'apprécie vos efforts, mais je n'ai pas le choix : si nous ne l'avons pas retrouvée demain soir, je fais sauter les verrous de l'Assemblée. Je n'ai pas envie de le faire, mais je n'ai pas le choix. Je ne peux pas la laisser brûler vive, ni en ligne ni ailleurs. Au moins, sans les verrous, nous saurons précisément où elle se trouve et nous pourrons aller la chercher.

Les *Venator* accueillirent la nouvelle sans manifester d'émotion.

– C'est un risque énorme. Tu sais que nous serions sans défense si les sang-d'argent lançaient une attaque au même moment, l'avertit Ted.

Mimi leva les mains.

– Je connais les risques. Mais que voulez-vous que je fasse ?

– Charles ne l'aurait jamais permis, fit remarquer Sam. Pas même pendant les carnages.

Il faisait allusion à l'époque, deux ans plus tôt, où plusieurs adolescents sang-bleu avaient été saignés à blanc.

– Charles a laissé mourir six immortels, répliqua Mimi. Et Lawrence a perdu presque tout le Conclave à Rio. Non, ma décision est prise. Si Victoria n'est pas retrouvée d'ici minuit, je le fais.

Sam s'adossa dans sa chaise et joignit les mains derrière sa tête. Toutes les années de sa vie d'immortel se voyaient dans les creux de son visage.

– Mais ne faut-il pas un vote unanime du Conclave pour ce genre de choses ?

– Pas en temps de guerre. Pas avec l'Autorité suprême, déclara Mimi d'un air légèrement supérieur. *J'ai bien étudié le*

173

Code, pensa-t-elle. Et messieurs, au cas où ce ne serait pas clair, laissez-moi clarifier. Nous sommes en guerre. Je ne vais pas laisser la sécurité s'embourber dans des paperasseries inutiles.

Ted échangea un regard avec son frère, lequel haussa les épaules.

– Très bien, m'dame, comme tu l'as dit, c'est toi qui décides. Mais laisse-nous jusqu'à la dernière minute avant d'appuyer sur la détente. Nous avons quelqu'un qui travaille sur une riposte au sort de masquage. Nous la retrouverons. La dernière fois que le *Rex* a fait sauter les verrous, tu te rappelles ce qui s'est passé.

Mimi, en fait, ne s'en souvenait pas, mais elle n'allait pas l'avouer devant eux, surtout après leur avoir annoncé sa décision. Et d'ailleurs, depuis quand l'appelait-il « m'dame » ?

– D'accord. Mais pas une minute de plus.

– Nous voulions aussi te montrer quelque chose, ajouta Sam. Nous avons récupéré les notes de Renfield. C'est quoi, son problème, à ce type ?

– Il a vu trop de films réalisés par la Conspiration, persifla Mimi. Vous allez voir qu'il va se mettre à sentir la rose.

Sam eut un rire goguenard.

– Il a eu une sacrée idée. Vous vous rappelez les trois choses que nous avons vues sur la vidéo ? (Il se mit à dessiner sur une serviette en papier.) Des animaux qui copulaient. Une tête de bélier. Un serpent.

Il tapota le croquis du bout de son stylo.

– Mmm...

– Les scribes sont tombés sur quelque chose dans les archives : regarde un peu.

Sam fit glisser un livre à travers la table. C'était un vieux grimoire du Sanctuaire, qui devait dater du XIVe siècle, devina Mimi, vu la silhouette vitruvienne qui décorait le dos. Elle sentait la poussière lui chatouiller les narines.

Ted ouvrit le livre et indiqua une illustration sur la page de gauche. C'était un symbole divisé en trois parties. La première : deux cercles imbriqués ; la seconde : un quadrupède. Le troisième symbole était une épée perçant une étoile.

– Le *sigul* de Lucifer, soupira Mimi en repoussant le livre. Alors c'est bien un coup des sang-d'argent. Évidemment.

– Pas tout à fait, précisa Sam. En fait, c'est le deuxième symbole qui nous inquiète.

– Qu'est-ce que c'est ?

Mimi regarda l'image en plissant les paupières. On aurait dit une sorte de petite bête à fourrure... comme un...

– C'est un agneau, n'est-ce pas ?

– Oui.

Il n'y avait rien à ajouter. Mimi connaissait l'histoire aussi bien qu'eux. C'était donc cela que signifiaient les trois images de la vidéo. Elles correspondaient aux symboles du triglyphe : les animaux qui s'accouplaient représentaient l'union ; la tête de bélier, l'agneau ; et le serpent était encore un symbole de Lucifer. L'agneau représentait l'humanité. Les sang-rouge. Du bétail humain. Avec Lucifer à leur tête. Le symbole de l'union joignait les deux, les unissait inextricablement.

Les sang-d'argent étaient de mèche avec... des humains ? Elle en eut un haut-le-cœur. C'était absurde. Tout était absurde.

VINGT-QUATRE

La vanité de Mrs Armstrong Flood

L e dimanche après-midi, Mimi retrouva Oliver à Duchesne.
– Tu es absolument certain que c'est là, cette fois ?
demanda-t-elle pendant qu'ils gravissaient en courant le
sombre escalier du fond.

Il leur restait si peu de temps avant le lever du croissant de
lune ! C'était complètement idiot, elle ne savait même pas
comment elle avait pu se laisser entraîner là-dedans. Mais s'il
existait une chance de sauver Victoria sans toucher aux verrous... il fallait faire vite.

Quand ils étaient arrivés au lycée, Mimi les avait fait entrer
en vitesse sans déclencher aucune alarme. Sa position de
Régente lui donnait les clés et les codes de toutes les places
fortes des sang-bleu. Le bâtiment vide, plongé dans l'obscurité,
l'avait frappée par sa mélancolie. Elle ne s'y était jamais trouvée
en dehors des heures d'ouverture et s'étonnait de voir comme
l'endroit était calme et vide sans ses élèves. Elle avait toujours
considéré Duchesne comme un lieu animé, et comprenait à
présent que son âme résidait dans son corps étudiant. Sans lui,
le lycée n'était qu'une coquille vide, un décor de théâtre.

– Je ne peux pas me permettre un nouveau *Carlyle*. Wendell Randolph veut ma tête sur un plateau pour avoir semé la panique dans son hôtel. Nous avons dû procéder à un énorme effacement de mémoire sur tous ces sang-rouge. Le bazar. Et je crois que l'acteur veut m'attaquer en justice. Il s'est écorché le front en tombant. Son visage est assuré, tu sais.

– Les acteurs ! cracha Oliver comme si c'était un gros mot. Tu n'as qu'à demander à un membre de la Conspiration de lui donner un rôle dans son prochain film. Je me suis dit qu'il fallait tout essayer avant que tu aies à faire sauter les verrous.

Il regarda le ciel par la fenêtre ; la lune était encore cachée.

– Il nous reste... quoi, une demi-heure ? demanda-t-il avec humeur en ouvrant la marche.

– À peu près.

L'échéance se rapprochait, mais Mimi avait promis aux frères Lennox de leur laisser jusqu'à la dernière minute avant le lever du croissant de lune. C'étaient eux qui lui avaient demandé d'aller retrouver Oliver et de leur donner cette dernière chance.

Cela ne prendrait qu'un instant de faire sauter les verrous. Il lui suffisait de prononcer l'incantation, et Victoria serait immédiatement visible. Son choix était fait, mais à présent que le moment d'agir approchait, elle commençait à douter. Fallait-il mettre en jeu la sécurité de toute l'Assemblée pour sauver la vie d'un seul vampire ? Charles ne l'avait jamais fait, ni Lawrence quand il était *Rex*. Pourquoi, bon sang, était-elle Régente ? Elle n'était pas prête à prendre de telles décisions ! Son sang avait peut-être des siècles d'âge, mais dans ce cycle elle n'avait que dix-sept ans.

Oliver retint sa respiration un instant.

– Bref, pour répondre à ta question, on est ici parce que c'est un des endroits où Victoria pourrait se trouver. Sam et Ted sont à l'autre endroit possible.

– L'autre ?

Il opina, affirmatif.

– Je vais t'expliquer. Tu te souviens du motif du *Carlyle* ?

– On parle encore papier peint, là ?

– Écoute-moi jusqu'au bout. Le motif du papier peint a été produit par William Morris jusqu'en 1880. Sa réédition était une exclusivité pour l'hôtel *Carlyle*. Personne d'autre au monde n'est censé avoir ce papier peint. Mais cela n'a pas arrêté de me titiller : pourquoi connaissais-je si bien ce motif ? Je pensais bien l'avoir déjà vu, et pas seulement au *Carlyle*.

– D'accord.

– Alors j'ai fouillé un peu dans l'histoire de l'hôtel. Tu savais qu'il avait appartenu aux Flood ? La famille qui a fait don de son manoir pour abriter le lycée Duchesne. Mrs Flood – Rose, pour les intimes – faisait et défaisait les modes à l'époque. Ce n'était pas déraisonnable de supposer qu'elle avait personnellement choisi ce papier peint. Ça a été toute une histoire de le reproduire : il a pratiquement fallu racheter la fabrique. Et ça m'a donné une idée : si elle l'aimait tant... peut-être que...

– Elle en a mis dans sa chambre, termina Mimi. Victoria est au grenier, alors ? Depuis tout ce temps ?

– C'est ce que je pense. Ou dans leur demeure de Newport : c'est là que sont les jumeaux. C'est un musée, de nos jours : j'ai pensé qu'il était mieux que nous venions ici et que je les envoie là-bas. Comme ça, tu n'auras pas à t'expliquer avec la

Société de préservation de Newport si les choses tournent mal comme l'autre jour.

– Bien vu, mais tu sais que si tu te trompes, je fais effacer ta mémoire et tu ne travailleras plus jamais pour nous.

– Promis ?

Mimi et Oliver gravirent quatre à quatre les marches qui menaient à la chambre de Mrs Flood. Les salles de classe du dernier étage avaient été abandonnées quelques années plus tôt parce que trop d'élèves sang-rouge juraient y avoir vu ou entendu des fantômes. Quels imbéciles, ces humains ! Les fantômes n'existaient pas ! Ce n'étaient que des apparitions déclenchées par des vampires qui chahutaient dans le *Glom*. Mais pour l'apaisement de la population humaine, la zone avait été fermée par l'administration. Cela en faisait un bon endroit pour cacher quelqu'un : le sortilège de distraction en éloignait les humains tandis que les vampires attribuaient toute activité anormale à une conséquence de ce même sort. Mais dire que depuis le début, Victoria était là, sous leur nez ! C'était presque insultant. Comme si l'auteur de tout cela se moquait d'eux.

Mimi pressa l'oreille contre la porte. Elle entendit quelque chose : un terrible grognement et un bruissement. Elle poussa contre le battant. Il était retenu par un énorme sort de blocage. Zut. Manipuler les sorts n'était pas son point fort, à part la fois où elle avait fricoté avec la magie noire.

– Essaie un sortilège explosif, lui suggéra Oliver.

– C'est ce que je fais, répondit Mimi, vexée de ne pas y avoir pensé toute seule.

Elle se concentra sur la poignée de porte et la visualisa en train de se désintégrer, de sauter, de la faire entrer.

La poignée remua et trembla, mais la porte resta bien fermée. Le terrible grognement prit du volume, accompagné d'un gémissement sourd et terrifié. Victoria ? Que se passait-il derrière cette porte ? Le cœur de Mimi commençait à battre comme un tambour. Elle sentait des vagues de peur émaner de derrière le vantail.

Elle essaya encore et secoua la tête. Ce qui retenait cette porte était extrêmement puissant. Autant foncer tête baissée dans un mur en béton.

– C'est complètement bloqué, grogna-t-elle.

Elle regarda par la fenêtre. Il faisait presque noir. Le ciel avait une couleur de sable gris : la première lueur lunaire sur l'horizon. Le croissant montrerait bientôt son profil.

– Elle est là, insista Oliver en poussant de l'épaule contre la porte comme si cela pouvait aider.

Mimi allait répondre, mais avant qu'elle n'ait pu le faire, un hurlement s'éleva de la pièce, si terrible qu'elle en oublia tout ce qu'elle faisait. En un instant, sa décision fut prise. Il n'y avait plus de temps à perdre. Victoria allait être brûlée vive.

Il fallait faire sauter les verrous. Tout de suite.

Azraël prit pied dans le *Glom*, puissant et terrifiant ange de la Mort, reine blanche brandissant une épée sombre qui étincelait de lumière céleste. Ses ailes de deux mètres se déployèrent sur toute leur envergure.

Elle dit les mots que seul Michel avait prononcés avant elle.

Les verrous sautèrent. En un instant, le *Glom* fut empli de tous les esprits de tous les vampires en vie, et Mimi vit, dans ce fouillis d'âmes, une fille en particulier qui hurlait dans un coin... une fille dont l'esprit, jusqu'à présent, avait été caché à l'Assemblée...

Victoria !

Dans le *Glom*, Mimi vit Sam et Ted Lennox se déplacer vers Victoria, lui tendre les bras, l'approcher par l'autre côté.

Puis, pour une raison inexplicable, les *Venator* levèrent la tête, se détournèrent de la jeune fille et se mirent à courir vers Mimi, leurs visages identiques figés dans une horreur absolue.

Qu'est-ce que vous faites ? Non... Retournez là-bas... Vix...

Mimi était tout près, assez près pour prendre la main de Victoria. Leurs doigts se frôlèrent dans le crépuscule...

Mais avant qu'elle n'ait pu ramener la jeune fille dans le monde réel, quelque chose heurta Mimi avec la puissance d'une bombe incendiaire, et elle sentit chaque atome de son corps se désintégrer dans l'explosion.

VINGT-CINQ

Croissant de lune

Lorsqu'elle rouvrit les yeux, Mimi gisait au sol, couverte de copeaux de bois. Un visage qu'elle connaissait flottait au-dessus d'elle. Elle toussa. Elle ignorait ce qui l'avait frappée, mais en tout cas cela faisait *mal* ! Elle avait l'impression de s'être fêlé trois côtes et d'avoir inhalé un mur entier d'amiante. Elle s'étonnait de constater qu'elle était encore en vie : il lui semblait qu'on l'avait déchiquetée en mille morceaux avant de la recoudre. Que s'était-il passé ? Un sort de sang ? Sans doute. Sinon, qu'est-ce qui aurait bien pu la sonner ainsi, et dans le *Glom*, en plus ? Mais si c'était bien un sort de sang, comment pouvait-elle être encore là ?

– Que s'est-il passé ? demanda-t-elle d'une voix étranglée.

Au même moment, elle comprit qu'elle se trouvait dans la chambre du grenier. La porte était ouverte et cassée par terre à ses côtés. Elle regarda autour d'elle. Oliver avait raison : la pièce était décorée du même papier peint que sur la vidéo d'origine. Le même motif répétitif. Il y avait une chaise au milieu de la pièce, et de la corde de *Venator* enroulée à ses pieds. Une caméra vidéo était installée juste en face. C'était là que Victoria avait été filmée. Mais elle n'y était plus. Comment avait-on pu la déplacer sans démasquer sa signature dans le *Glom* ?

– Où est-elle ? s'enquit-elle d'une voix rauque. Où est Victoria ?

En réponse, Oliver montra d'un doigt tremblant l'écran d'ordinateur posé sur un bureau dans la chambre vide.

Sur l'écran, Victoria Taylor brûlait. Elle se fondait dans les flammes noires. Sa peau de vampire cloquait et pelait, le sang prenait une teinte d'obsidienne et était détruit à jamais.

Victoria était dans la maison de Newport. Les frères Lennox surgirent du *Glom* et tentèrent vaillamment de combattre les flammes, mais il était trop tard. Rien n'arrêtait le feu de l'enfer une fois qu'il avait commencé à consumer l'esprit immortel qu'il devait détruire.

– Bon Dieu ! s'écria Sam Lennox en donnant des coups de pied dans la chaise en flammes tandis que son frère pleurait à ses côtés.

Mimi s'effondra au sol : ses genoux avaient cédé. Elle se souvint : le *Glom*, Victoria, les *Venator*. Ils étaient passés si près du but ! Les Lennox auraient pu sauver Victoria, mais à la dernière seconde ils s'étaient détournés pour voler au secours de Mimi. Ils avaient vu le sort de sang braqué dans sa direction. À présent, ils arrivaient trop tard. Ils arrivaient tous trop tard. Elle avait mis l'Assemblée en danger, elle avait failli se faire tuer... et tout cela pour quel résultat ? Elle s'était avérée incapable de sauver Victoria, tout comme elle n'avait pas su sauver Kingsley.

– Oh, Seigneur.

Au final, il ne restait rien de Victoria, rien qu'un tas de cendres.

Mimi se cacha le visage entre les mains et éclata en sanglots. Elle avait misérablement échoué. Elle n'était bonne à rien. Pas meilleure qu'un sang-d'argent. Pire, en fait.

Oliver éteignit l'ordinateur sans rien dire.

Dehors, le croissant de lune était haut dans le ciel, étincelant de splendeur argentée.

Le cardinal

À en croire l'Échangé, Andreas avait laissé un sang-d'argent prendre le contrôle de l'Église humaine. Andreas ne pouvait pas être au courant. Jamais il n'aurait laissé commettre un tel blasphème. À moins que... À moins qu'Andreas ne soit pas celui qu'elle croyait. À moins qu'il ne soit pas Michel. À moins qu'il ne soit pas son bien-aimé. Tomi ne savait plus que croire ni qui croire. Cela ne lui était jamais arrivé. Elle avait toujours reconnu son jumeau dans toutes ses incarnations, et toutes les fibres de son corps lui disaient que Michel était Andreas. Comment avait-elle pu se tromper à ce point ? Elle ne comprenait pas. Il devait y avoir une autre explication. Elle ne pouvait pas l'accepter. Et pourtant...

– Andreas est un traître. Je l'avais senti, mais je n'ai pas voulu en parler avant d'être sûr, dit Gio, exprimant d'un coup tous les doutes qui lui tournaient dans la tête.

C'était l'heure de midi, et le cardinal fraîchement adoubé recevait une file de visiteurs qui voulaient embrasser sa bague et le féliciter pour cette nouvelle position élevée. En tant que Venator, ils passèrent devant tout le monde et furent rapidement escortés par son secrétaire dans son bureau privé.

Savonarole les accueillit à bras ouverts.

– Mes amis !

Gio ne perdit pas de temps. Dès qu'ils furent entrés, il serra le prêtre par le cou. Il pressa la gorge du cardinal jusqu'à ce que l'homme ait le souffle coupé. Les yeux de Savonarole virèrent à l'argenté, avec des pupilles écarlates.

– Abomination ! Tu étais un ange, autrefois, cracha Gio en montrant du geste la vue et le monde bâti par les sang-bleu : une cité rutilante de beauté, de paix, d'amour et de lumière. Nous ne te laisserons pas détruire ce que nous avons bâti.

– Où est ton maître ? ajouta Tomi. Où se cache-t-il ?

Le cardinal ne fit que bredouiller, mais son secrétaire – un Intermédiaire humain, qui se tenait sur le seuil – fournit la réponse. Tremblant de peur, il leur dit :

– Il est dans la plus haute tour, dans la demeure de la Maîtresse...

Mais avant qu'il n'eût achevé sa phrase, Savonarole se dégagea brusquement, empoigna une dague sertie de joyaux sur son bureau et le poignarda à mort.

– On m'avait promis qu'aucun mal ne me serait fait ! s'écria le cardinal.

À ce moment, d'un coup tranchant, l'épée de Gio décapita le prélat au sang d'argent.

TROISIÈME PARTIE

DEMING CHEN, TUEUSE PAR MISÉRICORDE

New York
Le temps présent

Vingt-six

L'ange descendu des cieux

– C omme vous êtes nombreux à le savoir, il y a deux
semaines, pour tenter de sauver Victoria Taylor, j'ai
choisi de retirer pendant un laps de temps très bref les verrous qui protègent notre Assemblée. Cependant, nous n'avons
pas pu l'atteindre à temps, car j'ai moi-même subi l'attaque
d'un sort de sang dans le *Glom*.

La jeune Régente embrassa d'un regard triste les *Venator* et
membres du Conclave réunis. Elle parlait d'un ton grave.

J'ai survécu aux effets insidieux du sort, mais Victoria n'a
pas eu cette chance. Elle a été assassinée.

La salle resta plongée dans le silence pendant un long
moment. Personne ne parlait ni ne faisait le moindre bruit :
pas de toux nerveuse, pas de raclement impatient de pieds de
chaise. Assise dans le fond, Deming Chen observait attentivement les sang-bleu. Elle était impressionnée par leur capacité
à maîtriser leurs émotions, mais elle percevait de la peur et
de la colère dans le groupe.

Ce n'était pas bon signe. Cela signifiait qu'en tant que
Régente, Mimi Force n'avait pas l'appui de son Conclave.

C'était dommage, car un individu capable de résister à un sort de sang et de s'en tirer sans une égratignure bénéficiait forcément d'une protection très puissante, et méritait respect et admiration. La première fois que Mimi était entrée en contact avec elle, Deming avait appris avec stupéfaction que la rumeur disait vrai, que l'Assemblée de New York était dirigée par quelqu'un de très jeune dans son cycle, et qui abritait l'esprit d'Azraël, rien de moins. La situation devait vraiment être désespérée pour que l'Assemblée se soit choisi l'ange de la Mort comme chef. Deming n'avait rencontré Mimi qu'une fois auparavant, au bal des Quatre-Cents, presque deux ans plus tôt, à l'époque où la toute nouvelle génération avait révélé ses identités immortelles.

Deming appréciait Mimi, même si le souvenir de l'ancienne insurrection sang-bleu était encore vif dans sa tête, comme si cela s'était passé hier. Azraël et Abbadon avaient mené la campagne contre le Tout-Puissant : ils avaient aidé l'Étoile du matin à rassembler une légion des meilleurs et des plus brillants éléments. « Nous sommes les dieux, à présent, leur avait dit Azraël. Le paradis peut être à nous. » La grande et puissante reine-guerrière les avait flattés et persuadés, les avait convaincus qu'ils étaient choisis personnellement pour leurs forces. Comment auraient-ils pu refuser ?

Deming jeta un regard circulaire dans la salle : c'était une piteuse brochette qu'ils formaient là, pleine de vieux et d'éléments qui n'avaient jamais fait leurs preuves. Certains membres du Conclave semblaient avoir depuis longtemps dépassé l'heure de leur fin de cycle, tandis que d'autres, comme la Régente, prenaient tout juste possession de leurs pouvoirs et de leurs souvenirs. En même temps, elle ne pouvait pas trop critiquer, vu qu'elle venait elle-même de fêter ses dix-huit ans.

Il était pour le moins troublant que les rangs des sang-bleu soient en si triste état. Les mauvaises nouvelles tombaient de partout : l'Assemblée européenne gardait un silence total depuis les événements de Paris ; elle refusait de dire un mot ou de partager la moindre information, de peur qu'il n'y ait d'autres traîtres dans la communauté. En Amérique du Sud, le Conclave avait instauré la loi martiale et les relations inter-Assemblées étaient interrompues. Deming attendait mieux de la délégation nord-américaine : New York était connue pour être la plus puissante des places fortes vampires. C'était là que Michel et Gabrielle s'étaient installés. Mais les Incorrompus avaient disparu on ne savait où, et personne ne pouvait dire quand ils reviendraient, à supposer qu'ils reviennent un jour. Les vampires étaient livrés à eux-mêmes.

Deming termina son café. Elle avait passé dix-huit heures dans l'avion entre Pudong et l'aéroport Kennedy, et en avait profité pour se pencher sur les rapports des *Venator*, relisant tous les registres, scrutant chaque décision. Les Chercheurs de vérité avaient agi dans les règles, elle ne trouvait pas un défaut dans leurs actes, mais ce nouveau virage leur demandait plus que des opérations de routine. Elle tenta de dissimuler un bâillement. Elle avait à peine dormi et sentait pointer un énorme mal de tête. *Tout de même, quand on est immortel, on pourrait être immunisé contre le décalage horaire !* pensa-t-elle avec humeur.

À la tête de la salle, la Régente prononçait son nom, et elle se rendit compte avec un sursaut que tout le monde la regardait.

– J'ai le plaisir de vous présenter la *Venator* Deming Chen. Deming nous a prouvé plus d'une fois qu'elle était l'un de nos Chercheurs de vérité les plus efficaces. Je suis sûre que vous êtes nombreux à vous rappeler que, avec sa sœur jumelle Dehua, elle nous a apporté des victoires capitales dans notre histoire : les terreurs d'Égypte, la crise de Rome et le Schisme monumental ne sont que quelques-unes des batailles que son épée nous a aidés à remporter. Nous sommes heureux que son Assemblée ait eu la gentillesse de nous l'envoyer pour nous prêter main-forte.

C'était une présentation impressionnante, un peu comme la lecture d'un CV, en fait, mais Deming avait l'habitude. En tant que Kuan Yin, l'ange de Miséricorde, elle était hautement sensible aux émotions et aux humeurs ; à Shanghai, elle était réputée pour son talent à lire le *guānghuán* d'autrui – soit, en langue sacrée, l'*affectus*, la représentation colorée du baromètre intérieur, invisible à l'œil nu. Elle était l'un des deux seuls vampires (sa sœur étant l'autre) à le voir sans l'aide du *Glom*. Les sang-rouge aussi avaient un nom pour cela, mais les charlatans qui prétendaient savoir lire les « auras » ne faisaient que deviner au hasard. Il fallait être ange pour savoir les déchiffrer.

Deming se leva pour aller rejoindre Mimi sur l'estrade.

– Il y a six mois de cela, un vampire de notre Assemblée a été kidnappé, dit-elle en prenant une télécommande sur la table et en faisant apparaître deux photographies sur l'écran du fond.

On voyait d'un côté Victoria, ligotée, les yeux bandés, et de l'autre une fille brune attachée de la même manière.

– Le père de Liling Tang est un des hommes les plus riches de Chine, et les ravisseurs de Liling ont exigé vingt millions de dollars de rançon. Comme il était question d'argent, nous avons naturellement concentré nos recherches sur les humains de notre communauté. Pourtant, nous avons fini par découvrir qu'elle avait été enlevée par l'un des nôtres. Un sang-bleu.

L'assemblée ne broncha pas. On aurait presque dit qu'ils s'y attendaient, et Deming poursuivit bravement.

– Sa localisation était cachée par un sort de masquage, mais après une enquête minutieuse, nous avons compris où elle était retenue et l'avons sauvée avant l'expiration de l'ultimatum. J'ai étudié le dossier de Victoria. D'après les Sentinelles, Victoria est arrivée à la fête à vingt-trois heures. Après, elle n'a plus jamais été revue. Sinon, les Sentinelles auraient identifié sa signature dans le *Glom* au moment de son départ. Donc, son ravisseur se trouvait à cette soirée, et donc, c'était quelqu'un de proche, un membre de son cercle intime. Un camarade de Duchesne. Quelqu'un en qui elle avait confiance.

– Deming va s'inscrire en terminale à Duchesne, annonça la Régente. Elle va infiltrer le groupe d'amis de Victoria Taylor, ceux qui étaient à la fête de Jaime Kip le soir en question. Comme nous voulons éviter toute psychose ou tout mouvement de panique inutile, l'opération doit rester absolument confidentielle.

– J'ai une question, intervint Ted Lennox. Comment avez-vous fait pour retrouver Liling si sa signature dans le *Glom* était masquée ?

Deming avait fait connaissance avec lui la veille au soir ; il était allé la chercher à l'aéroport avec son frère.

– Nous avons envoyé un Arpenteur de mort dans le *Glom*.

À cette nouvelle, un murmure parcourut la salle.

195

– Un coma artificiel provoqué dans le *Glom* ? Pour cacher la trace de l'esprit ? Mais le danger est… (Ted secoua la tête.) Il faut être complètement fou ou très courageux pour faire une chose pareille. Qui avez-vous trouvé pour se livrer à une opération aussi risquée ?

– Je l'ai fait moi-même, annonça tranquillement Deming.

C'était soit elle soit Dehua, et Deming avait toujours été la plus forte des deux. Elle n'avait pas permis à sa sœur de prendre ce risque.

L'assistance approuva à voix basse. Les Arpenteurs de mort dénudaient leur esprit immortel jusqu'à son essence même, et ce faisant, ils imitaient la mort. Avec un esprit qui ne laissait pas de traces dans le *Glom*, elle avait pu passer sous le sort de masquage et localiser l'otage.

La Régente tambourina sur son pupitre.

– Y a-t-il encore des questions ? (Elle regarda autour d'elle. Il n'y en avait pas.) Je n'ai pas besoin de vous rappeler que ces informations sont confidentielles, limitées au Conclave et à l'équipe de *Venator* initialement chargée de l'affaire. Personne d'autre, dans l'Assemblée, ne doit savoir que nous menons une enquête interne. Pour eux, la Conspiration s'est occupée du problème de sécurité posé par la vidéo en ligne. Le monde est toujours plongé dans une heureuse ignorance de notre existence. La disparition de Victoria sera expliquée par un transfert dans un pensionnat en Suisse. Les Taylor ont été mis au courant de la situation et ils coopèrent avec nous.

La séance fut levée. Pendant que Deming rassemblait ses affaires, la Régente alla la rejoindre. Deming était frappée par la beauté d'Azraël. On disait parmi les vampires que seule Gabrielle était plus jolie, mais il y avait bien longtemps que

Deming ne l'avait pas vue en chair et en os. Elle n'était pas dans un cycle à l'époque où Allegra était encore active. La peau translucide de la Régente avait la fraîcheur crémeuse de la jeunesse, une vitalité radieuse qui contrastait avec la lourde tristesse de ses yeux vert émeraude.

– Tu as tout ce qu'il te faut ? lui demanda Mimi. Les garçons s'occupent bien de toi ?

– Le QG des *Venator* est un vrai taudis. Comme chez moi, en Chine ! sourit Deming. Mais je me débrouillerai.

– Tant mieux. N'oublie pas : au lycée, je ne te connais pas. Alors surtout, ne prends pas mal ce que je peux dire ou faire.

– J'essaierai de m'en souvenir.

Deming allait prendre la porte, mais elle eut l'impression que la Régente avait quelque chose à ajouter. Elle s'attarda un peu.

Mimi attendit que la salle soit entièrement vide pour parler.

– Il y a autre chose. J'ai remarqué que certains, parmi nous, pensent qu'en tant que communauté, nous formons une cible trop visible. Des *Venator* qui me sont dévoués ont découvert que Josiah Archibald et plusieurs autres membres du Conclave complotaient pour dissoudre l'Assemblée de force. Ils vont fermer le Sanctuaire, transférer ses archives sous terre, et emmener avec eux la moitié des familles recensées. Je leur laisse croire que je ne sais rien de leurs projets. Mais il faut que je trouve le tueur. Si je parviens à comprendre qui est à l'origine des vidéos, je pourrai regagner leur confiance, calmer l'opposition et restaurer l'unité de l'Assemblée.

Deming hocha la tête. Mimi ne lui avait rien révélé de tout cela lorsqu'elle lui avait expliqué sa mission, et c'était un choc d'apprendre que l'Assemblée de New York se trouvait dans un tel péril. Mais il fallait reconnaître qu'aucune autre Assemblée n'avait perdu autant de vies immortelles.

– Le sort de sang qui t'a frappée... tu crois que le Conclave y était mêlé ?

– Les *Venator* n'en ont pas encore la certitude ; ils en sont encore à analyser le fonctionnement du sort. Mais pour le moment, nous pensons que oui, l'intention était de se débarrasser de moi. (Mimi baissa la tête.) Le Conclave avait accès à mon dossier au Sanctuaire. Ils ont découvert, je ne sais comment, que je comptais lever les verrous.

– Tu crois qu'ils sont mêlés à l'enlèvement de Victoria ?

– Non. Bien sûr que non. Mais ils ont sauté sur cette occasion pour m'attaquer.

– Puis-je te demander comment tu as détourné le sort de sang ?

La Régente soupira.

– Je ne sais pas trop moi-même. D'après nos médecins, il a simplement rebondi sur moi, neutralisé au moment de l'impact. Comme si j'avais porté un gilet pare-balles.

– En tout cas, tu as eu beaucoup de chance. J'ai déjà vu des victimes de sorts de sang. Ce n'est pas beau à voir.

Deming épargna à Mimi les détails : les restes déchiquetés, la brûlure du sang qui était une délivrance, puisque l'esprit immortel était annihilé. Les sorts de sang étaient des petits dispositifs meurtriers, une manière de contrôler le *Glom* et de déchaîner sa puissance contre une seule personne, en visant les molécules sanguines du vampire.

– En tout cas, la dissolution de l'Assemblée est une proposition plutôt radicale, observa-t-elle.

– Ils essaient de se débarrasser de moi parce qu'ils savent que je ne les laisserai jamais faire, répliqua la Régente en relevant la tête, les yeux brillants. Chacun pour soi ? Plus de cycles ? Ils ne se rappellent pas ce que c'était ? Si Charles était encore là, jamais ils n'auraient tenté une chose pareille.

– Ne t'en fais pas, je trouverai ton tueur, l'assura Deming en lui posant une main sur le bras.

– Bien.

La Régente arborait une expression de convoitise que Deming finit par comprendre : Mimi était jalouse. Jalouse que Deming ait su sauver son otage, alors qu'elle-même avait échoué. Et qu'en punition, les fondements mêmes de son Assemblée soient mis en péril. Ce n'était certainement pas le résultat qu'elle visait quand elle avait fait sauter les verrous.

– Ce n'est pas ta faute, ce qui est arrivé à Victoria, ajouta Deming. Tu n'as rien à te reprocher. Ne t'inquiète pas. Je n'échouerai pas. Ça ne m'est jamais arrivé.

Mimi lui serra la main.

– Tu n'as pas intérêt. Ce que les Aînés ne comprennent pas, c'est que s'ils réussissent à nous dissoudre... il est possible que nous ne nous en relevions jamais.

VINGT-SEPT

La nouvelle

L a chambre qu'on lui avait attribuée était une petite pièce qui donnait sur un puits de lumière, si bien que la fenêtre s'ouvrait sur un mur de briques, à un mètre cinquante. À Shanghai, Deming régnait sur un immense appartement qui coiffait tout le dernier étage de son immeuble, bien que la pollution dans sa ville soit si dense qu'elle avait presque la même vue : une grisaille sombre. Les frères Lennox, qui vivaient au sommet du bâtiment, lui avaient proposé leur aide, mais elle avait décliné pour le moment. Elle travaillait mieux seule.

Deming prit son sac et sortit de l'immeuble. Elle prévoyait de prendre le métro. La pression sur ses épaules était énorme, mais elle se réjouissait de ce défi. Elle n'aimait rien tant que les combats à mort, d'autant qu'elle n'avait aucune intention de perdre. Des collègues de Shanghai trouvaient les jumelles Chen arrogantes, mais elle ne voyait pas les choses ainsi. Sa sœur et elle étaient différentes des autres. Tout comme le légendaire Kingsley Martin, elles faisaient le nécessaire pour obtenir des résultats. Elles étaient froides et sans pitié, et rien ne les arrêtait sur le chemin de la vérité. C'est pourquoi l'Assemblée locale n'avait pas rechigné à en envoyer une à New York : il lui restait l'autre.

C'était sa troisième mission d'infiltration depuis qu'elle était devenue *Venator* un an plus tôt (Dehua et elle avaient profité des nouvelles règles de recrutement : à l'instar des jumeaux Force, elles s'étaient enrôlées en avance), et elle se prépara mentalement à la journée qui l'attendait. Jusqu'à l'enlèvement de Liling Tang, le plus gros souci de l'Assemblée asiatique avait été le non-respect des droits de l'homme : trop de vampires saignaient leurs familiers à mort et laissaient une traînée de cadavres sang-rouge dans leur sillage, ou alors ils abusaient des effacements de mémoire, si bien que des humains y perdaient leur santé mentale. En ce moment même, sa sœur était à la campagne à la poursuite d'un *probrosus spiritus*, un vampire qui utilisait le *Glom* pour faire vivre un cauchemar à la population humaine locale.

La mission Duchesne ressemblait davantage à ce qu'elles avaient fait à l'École internationale, lorsqu'on les avait appelées pour résoudre l'affaire de kidnapping. Liling Tang fréquentait une bande d'expatriés sophistiqués qui éclipsait la jeunesse dorée de l'aristocratie communiste. Ses amis étaient des sang-bleu du monde entier, et son ravisseur un Européen. Le crime avait poussé le Conclave chinois à envisager une sécession avec la communauté vampirique mondiale, mais pour l'instant, il avait choisi de rester fidèle à New York.

Deming était bien consciente que Duchesne se distinguait du lycée américain lambda : pas de pom-pom girls se pavanant en minijupe leur couvrant à peine le derrière, pas de stars du football américain roulant des mécaniques dans les couloirs, pas de chorale pleine de béni-oui-oui, pas de menace de se faire rectifier le portrait (peut-être avait-elle simplement trop regardé la télévision américaine). Pourtant, dès l'instant où elle franchit le grand portail ornementé, elle comprit que c'était exactement comme partout.

Il y avait une séparation rigide entre le bon grain et l'ivraie, les branchés et les ringards, les beaux et les pas beaux. Les élèves populaires, dont faisaient partie les amis de Victoria, se regroupaient dans la cour avant la première sonnerie : des filles à la silhouette enviable, aux cheveux lissés et au sourire éblouissant, qui avaient de grands cabas parisiens en guise de sacs de cours, entourées de beaux garçons, cheveux en bataille et visage de rêve, la veste et la cravate de travers comme s'ils sortaient du lit. C'était la bande qui comptait, le cercle enchanté, les sang-bleu ; c'était le groupe dans lequel elle devait s'intégrer.

Cela ne devrait pas être trop difficile, pensa-t-elle. Elle n'avait aucune fausse modestie concernant son physique : elle savait qu'elle était jolie, avec ses cheveux noirs et raides qui lui tombaient jusqu'aux fesses, sa peau couleur café, ses grands yeux et son petit nez, son corps mince de garçonne. En outre, elle avait l'habitude d'être « la nouvelle ». Son père de cycle était un industriel qui possédait des holdings dans le monde entier, et les jumelles avaient grandi entre Londres, Téhéran, Johannesburg et Hongkong. Elle savait s'entendre avec les autres, elle savait se faire apprécier.

Toutes les réunions de Comité des élèves étaient repoussées pour le moment, les Sentinelles étant trop occupées à renforcer les verrous autour de l'Assemblée suite à l'action impulsive de la Régente. Personne ne savait à quel point elle les avait exposés à leurs ennemis et quelles seraient les répercussions. Pas étonnant que le Conclave ait perdu la foi en son chef. Pas étonnant que l'avenir du Conclave soit en jeu.

Dommage que les réunions soient annulées jusqu'à nouvel ordre. Ç'aurait été un moyen facile de se mêler au groupe sans se faire remarquer. Deming consulta son emploi du temps. Son premier cours de la journée était L'Esprit de l'Être, une option en sciences humaines réservée aux premières et aux terminales. La personne qui avait fait le programme aimait les allitérations, en tout cas : elle aurait pu choisir Débats et Décisions (éthique), Mouvement et Motricité (un cours de danse) ou Limites et Liens (un cours d'anglais, à sa grande surprise). Qu'étaient donc devenus les bons vieux cours d'histoire, de maths ou d'arts plastiques ?

Elle avait choisi cette matière parce que trois de ses principaux suspects y étaient également inscrits. Elle prit place à côté de Francis Kernochan, que tout le monde appelait Froggy : l'un des deux derniers garçons à avoir été vus avec Victoria Taylor à la fête de Jaime Kip. Froggy n'avait pas l'air d'un type qui garde un terrible secret. Il avait un visage ouvert et sympathique, les cheveux orange carotte, et, rien qu'à voir ses épaules voûtées, la silhouette d'un gars très cool. Cela ne voulait rien dire, bien sûr. Le sang-bleu de Guizhou qui avait entraîné vingt-quatre familiers dans la mort avait une gueule d'ange.

– Pardon, dit-elle lorsque sa besace effleura le coude d'une fille assise de l'autre côté.

– Ce sont des baguettes ? demanda celle-ci.

Deming, levant les yeux, vit une jolie blonde qui la toisait de haut en bas. Piper Crandall. Suspect numéro deux. En tant que meilleure amie de Victoria, c'était elle qui avait le plus de raisons de lui faire du mal. Par expérience, Deming savait que ce sont toujours les êtres les plus proches de nous qui désirent aussi notre mort.

– C'est trop cool, lui dit Piper.

– Merci.

Par réflexe, Deming tapota les longs cheveux noirs, qu'elle portait en chignon désordonné au sommet de sa tête, retenus par d'élégantes baguettes en argent massif : la mode actuelle à Shanghai. Ce n'étaient pas n'importe quelles baguettes, non plus : elles avaient été forgées par le maître Alalbiel, et une fois jointes elles formaient son épée Ren-Ci-Sha-Shou, la Tueuse par Miséricorde.

– J'adore ta montre, dit-elle en désignant le poignet de Piper. Elle est vintage ?

– C'est une Cartier originale, de l'époque où c'était encore Louis qui les fabriquait, sourit la fille. C'est marrant comme les sang-rouge pensent qu'on ne peut pas mettre ça tous les jours. Je la porte depuis presque deux cents ans.

– Elle est superbe, rétorqua Deming, qui n'avait pas besoin du *Glom* pour savoir que la route de l'amitié féminine était pavée de flatteries.

Pourquoi faire appel au *Glom* lorsqu'on avait un peu de bon sens et de compréhension du comportement humain (et vampire) ? Trop de Chercheurs de vérité, devenus paresseux, étaient dépendants des tours de télékinésie. Ils avaient perdu la capacité de réfléchir sans ces artifices.

– Je te la prêterai peut-être un jour, si tu m'apprends à me coiffer comme toi.

– Quand tu veux. Je m'appelle Deming Chen.

Pour parfaire sa couverture, elle s'était pointée à Duchesne vêtue à la dernière mode, et elle vit que Piper considérait son coûteux sac d'un air approbateur.

– Piper Crandall. Je sais qui tu es. Nous avons reçu un mémo du Conclave qui nous expliquait que tu t'étais inscrite ici. Tu habites où ?

– Mon oncle est *Venator* : on me prête une piaule sur Bleecker Street.

Piper secoua la tête.

– Tragique. Cet endroit n'a pas été rénové depuis au moins...

– Le XIXe siècle ! conclurent-elles en chœur.

Piper éclata de rire.

– Cet immeuble doit être aussi vieux que ma montre. Si tu te lasses de dormir là-bas, viens chez moi. On a la vidéo à la demande. Je suis sûre qu'il n'y a même pas la télé chez ces vieux croûtons.

Un début prometteur, pensa Deming. Après quelques jours d'amitié fastidieuse et appliquée avec Piper Crandall – les habituels échanges de fringues et de ragots sur les garçons –, elle comptait en venir à ce qui était arrivé, précisément, à Victoria Taylor le soir de l'anniversaire de Jaime Kip.

VINGT-HUIT

L'ange noir

P iper Crandall était issue d'une des meilleures familles de l'Assemblée new-yorkaise, et ses origines immortelles étaient irréprochables. Les Crandall étaient des fidèles des Van Alen. Les grands-parents de cycle de Piper avaient été deux des plus proches alliés de Cordelia et de Lawrence au Conclave. Leur ascension sociale au sein de l'Assemblée avait correspondu à la nomination de Lawrence au poste de *Rex*.

Sous couvert d'amitié, Deming avait pu entreprendre une visite complète du subconscient de Piper sans que la fille ne se doute de rien. Pour le moment, elle avait toutes les apparences de la sang-bleu normale et bien élevée, rien de plus.

Deming espérait sonder plus profondément les couches entremêlées de ses souvenirs. Les moyens de cacher la vérité, même à soi-même, ne manquaient pas ; mais tôt ou tard, l'innocence de surface s'ouvrait sur le cœur noir de la culpabilité. Toutefois, si Piper avait une responsabilité dans la mort de Victoria, Deming n'en avait toujours pas trouvé le mobile. C'était le plus épineux : même si Piper haïssait Victoria en secret, il lui fallait une bonne raison pour la tuer. Quelque chose qui puisse la faire basculer d'une animosité cachée à la violence pure. La mise à mort de Victoria avait été calculée et cruelle, ce n'était pas le genre de chose qui se décidait à la légère. Deming avait sa théorie : les amitiés entre filles masquaient parfois une rivalité et une détestation amères. Elle avait déjà vu des adolescentes tuer leur copine pour moins que cela ; mais pour l'instant, rien chez Piper n'indiquait qu'elle eût éprouvé autre chose que de l'affection pour Victoria.

La nature de la vidéo posait encore une énigme : si Piper ou un autre camarade de Victoria avait fait le coup, pourquoi avoir également cherché à révéler l'existence des vampires ?

Cet après-midi-là, elle suivit Piper au cours qu'elles avaient en commun. D'après ce que comprenait Deming, l'Esprit de l'Être était un prétexte pour laisser les rejetons de l'élite lire, regarder des vieux films et pontifier sur des sujets philosophiques qui leur passaient loin au-dessus de la tête. Ils récoltaient ainsi des bonnes notes qui gonflaient leurs bulletins scolaires (il n'y avait pas de contrôles, juste deux dissertations à rendre dans l'année). Deming trouvait tout cela très surfait, mais ça la changeait de sa précédente mission d'infiltration. Quelques mois plus tôt, elle avait dû travailler incognito en usine, dans des conditions épouvantables, pour rassembler les preuves que les propriétaires sang-bleu utilisaient la compulsion pour amener les ouvriers sang-rouge au bord de l'épuisement.

Le professeur, un ex-hippie aux cheveux longs, commença le cours.

– Alors, qu'avez-vous pensé du *Paradis perdu* ? demanda-t-il.

Le thème de l'année était : « La représentation du mal dans le monde moderne, le diable comme élément de la culture populaire ». La veille, par exemple, ils avaient tous regardé *L'Associé du diable*, avec Al Pacino.

– J'ai détesté, répondit un garçon du tac au tac. Milton voit le diable comme Heathcliff[1] avec une fourche. Il rend le mal trop séduisant.

C'était un garçon mince à l'air timide, aux cheveux bruns bouclés et aux yeux bleu vif. Paul Rayburn était boursier : c'était l'un des jeunes sang-rouge qui avaient pu s'inscrire gratuitement ou presque grâce à leurs résultats scolaires. Le lycée utilisait ce type d'élèves pour muscler son taux de réussite. Paul ne se doutait sûrement pas qu'il était entouré d'immortels. À Shanghai, on appelait ce genre d'humains des moutons, et Deming ne s'intéressait pas aux moutons.

– Je ne suis pas d'accord. Je n'imagine pas Lucifer comme un monstre. Je pense qu'il est simplement incompris. Car sans lui, il n'y aurait pas d'histoire, pas vrai ? intervint un autre garçon aux cheveux bruns.

Celui-ci était vautré dans sa chaise, un stylo dans la bouche. Sa tignasse dégageait son front et révélait un regard noir et perçant. Ses traits avaient quelque chose de plus frappant et intéressant que vraiment beau, et sa bouche légèrement tordue lui donnait l'air de quelqu'un qui prendrait plaisir à voir mourir des créatures innocentes.

C'était donc lui, le suspect n° 3 : Bryce Cutting. Un ange noir, comprit Deming rien qu'à voir son *affectus*. Les rapports des *Venator* n'en faisaient pas état. Quelques membres du monde des Ténèbres avaient hésité longtemps avant d'accepter la protection de Michel et Gabrielle, mais ils n'étaient pas

---

1. Le héros tourmenté des *Hauts de Hurlevent*, roman d'Emily Brontë.

nombreux. Deming ne voulait pas avoir de préjugés contre son ascendance – c'était aussi idiot que ceux des sang-rouge avec leurs obsessions raciales (comme beaucoup de sang-bleu, Deming avait vécu un grand nombre de cycles sous un grand nombre d'identités ethniques) –, mais c'était tout de même un élément à prendre en considération. Rares étaient les anges noirs qui n'étaient pas devenus des sang-d'argent. Bryce Cutting, comme l'actuelle Régente, en faisait partie.

– Une idée intéressante, Bryce, acquiesça le professeur. Il est vrai que l'histoire de Satan est le moteur de la narration.

Bryce décocha à son adversaire un sourire supérieur, mais ne fit que s'attirer une réponse passionnée de la part de Paul.

– Mais c'est précisément pour ça que l'intrigue est nulle : on fait du diable un héros romantique. Je ne peux pas digérer l'idée que les aspirations divines de Satan soient sympathiques. C'est mal d'admirer le mal. Cette idéalisation de la jalousie et de l'ambition... c'est exactement comme ça que *Wall Street* est devenu une vaste publicité pour la Bourse et les *traders*, et non la dénonciation cinglante voulue par Oliver Stone. *Greed is good,* le fric, c'est chic : le public a adoré. C'est pareil ici. Le diable, c'est nous, et nous sommes censés nous identifier à l'immensité de son ambition ? Qu'y avait-il de mal à rester au paradis ? Jouer de la lyre et voler dans les nuages, c'était si nul que ça ? Je ne crois pas, conclut Paul en souriant.

Il y eut des gloussements dans la classe et Paul parut avoir remporté le débat, mais Bryce n'avait pas l'intention de se laisser faire.

– Héros tragique, c'est juste. Ce pays s'est fondé sur la même idée que cette histoire : mieux vaut régner en enfer que servir au paradis. Mieux vaux être indépendant, être le maître de son propre monde, qu'être esclave, triompha-t-il.

Paul eut un rire sarcastique.

– Je ne crois pas que les Pères fondateurs avaient le *Paradis perdu* en tête lorsqu'ils ont rédigé la Constitution.

– Qu'est-ce que tu en sais ? Tu n'y étais pas.

Pendant un instant, Deming se demanda si Bryce allait révéler son statut d'immortel et dénuder ses crocs pour terrifier le pauvre humain. Bien sûr, il faisait exprès de polémiquer, et d'ailleurs il maîtrisait mal l'histoire américaine (elle aurait pu parier qu'il n'était pas en cycle actif à l'époque). Le plus probable était qu'il se révulsait à l'idée que Paul, sans le savoir, était tombé sur la vérité. John Milton, membre de la Conspiration d'origine, avait écrit ce poème, *Le Paradis perdu*, pour mettre l'humanité en garde contre les tentations diaboliques. Au contraire, les sang-rouge l'avaient interprété comme le récit tragique d'une promesse non tenue. Visiblement, Bryce était contrarié que Paul, un simple humain doté de charisme et d'un esprit affûté, se soit acquis une certaine popularité dans la classe.

Quoi qu'il en soit, c'était un blasphème, pour un sang-bleu, de parler ainsi de l'Étoile du matin. Lucifer, un héros ? Un incompris ? Deming savait que New York était une Assemblée aux idées larges, d'accord, mais tout de même. Elle avait concentré ses efforts sur Piper, mais peut-être la lycéenne n'avait-elle rien d'autre dans sa jolie tête que les tourments adolescents habituels. Deming n'était pas encore prête à la lâcher, mais vu les propos qu'il tenait, Bryce Cutting venait de passer en tête de la liste des suspects.

Vingt-neuf

Changement de règles

Plus tard cet après-midi-là, Deming compta une douzaine d'élèves de la bande de Bryce qui se serraient autour de deux tables poussées ensemble au fond de la pizzeria locale. Étant situé dans l'Upper East Side, l'endroit ressemblait davantage à une galerie d'art qu'à un bistro de quartier, avec sa verrière grandiose qui dominait la salle à manger et sa vue à couper le souffle sur Central Park.

Mimi Force trônait au centre de ce groupe animé, mais comme elle l'avait annoncé, elle ne fit pas mine de reconnaître Deming et ne jeta pas un regard dans sa direction. Deming se trouva une place entre Croker Balsan, dit « Kiki », et Bozeman Langton, *alias* « Booze » (avaient-ils tous des surnoms aussi ridicules ?), et s'intéressa à la conversation.

Daisy Foster, une autre terminale, évoquait le départ brutal de Victoria.

– Elle a trop de chance, Vix. L'Assemblée européenne les laisse faire tout ce qu'ils veulent. Vous avez vu le dernier règlement du Comité ? Maintenant, il faut faire passer des examens sanguins et des tests psychologiques à nos familiers

213

potentiels avant qu'on nous « permette » de les prendre. C'est dingue ! dit-elle en mordillant une part de pizza. Qui a le temps de faire ça ?

– C'est pour notre bien, dit Mimi en secouant sa canette de Coca Light vide. Il n'y a qu'un certain type de sang-rouge qui fait de bons familiers. Les risques sont élevés, et les maladies peuvent être désagréables et coûteuses. En réalité, les Sentinelles auraient dû instaurer cela depuis longtemps.

Daisy eut un rire railleur.

– Avant de commencer à nous prendre de haut, tu étais la pire, Mimi. Tu as eu combien de familiers ? Aucun n'a passé le moindre test, je parie.

– Ouais, et puis si tu nous disais ce qui se passe vraiment au Conclave ? Est-ce que Vix est vraiment en Suisse, au moins ? intervint Willow Frost.

Mimi répondit d'une voix douce.

– Elle m'a envoyé un mail pas plus tard que l'autre jour. Elle passe les vacances de printemps à Gstaad. On peut aller la voir, si on veut.

– Elle ne m'a jamais parlé de sports d'hiver ! Depuis quand êtes-vous tellement proches ? éclata Piper, l'air un peu blessé.

Si elle avait fait du mal à sa meilleure amie, elle le cachait bien, songea Deming.

– Cette Vix, alors ! s'exclama Stella Van Rensslaer. Je n'en reviens pas qu'elle n'ait même pas donné une fête pour son départ. Elle est partie comme ça ! Et son petit copain, qu'est-ce qu'il est devenu ? On ne le voit plus. Vous ne trouvez pas ça bizarre, vous ? Qu'ils aient disparu tous les deux d'un coup ? Vous vous rappelez ce qui est arrivé à Aggie Carondolet et aux autres il y a deux ans ? Je suis sûre que le Conclave nous cache quelque chose.

214

– Eh bien, j'en connais une qui *pourrait* le dire, mais qui ne veut pas, accusa Piper en regardant directement Mimi.

– Je vous le répète, les gars, c'est un titre honorifique. On ne me laisse pas vraiment *agir*, protesta Mimi. Enfin quoi, réfléchissez ! On m'a donné le titre parce que Charles est parti depuis longtemps. C'est le Conclave qui prend toutes les décisions. Je ne suis même pas conviée aux réunions.

Deming trouva malin de la part de Mimi de ne pas laisser les siens comprendre l'étendue de ses nouveaux pouvoirs et responsabilités. D'une part, ils ne l'auraient de toute manière pas crue, vu son jeune âge. Et deux, certains membres de l'Assemblée auraient pu être dérangés par l'étendue de son influence. Azraël et Abbadon avaient beau être deux des guerriers sang-bleu les plus farouches et les plus forts, leur puissance avait toujours été maîtrisée par les Incorrompus. Maintenant que Michel et Gabrielle avaient disparu, le scénario changeait du tout au tout. Pas étonnant que le Conclave mijote un soulèvement.

Froggy lança un gressin dans la direction de Bryce, et une bataille épique éclata entre les deux garçons, tandis que les filles riaient et leur criaient d'arrêter : ils se mettaient de l'ail dans les cheveux.

Deming remarqua que les autres clients regardaient leur table d'un air mauvais. Les vampires se donnaient en spectacle, attiraient l'attention. Ils se comportaient comme des sang-rouge. Idiots et irresponsables. Deming croisa le regard de Mimi, mais la Régente avait l'air résigné.

Dehors, lui dit mentalement Mimi en se levant de table. Quelques minutes plus tard, après avoir payé sa part de l'addition, Deming la rejoignit dans une ruelle qui passait

215

derrière le restaurant, où le reste du groupe ne les verrait pas.

– Je t'ai demandé de me faire ton rapport tous les matins. Qu'est-ce que tu as, pour l'instant ? lui demanda Mimi. Les rats du Conclave font déjà démanteler le Sanctuaire par les scribes. Comment peuvent-ils croire que je ne remarque rien ?

Elle secouait la tête d'un air incrédule.

– J'en suis encore à faire connaissance, dit Deming. Ça ne fait que trois jours. Rien à signaler pour l'instant. Il faut un peu de temps pour découvrir ce genre de choses.

La Régente tiraillait nerveusement une mèche de ses cheveux.

– D'après mes sources, la révolte serait pour dans quinze jours. Ils veulent prendre le QG en empêchant les *Venator* et moi d'y entrer.

– Tu ne peux rien faire ?

– Je ne peux pas dévoiler mon jeu tant que je ne leur ai pas livré le tueur. C'est le seul moyen de maintenir l'unité de l'Assemblée et de les convaincre de rester.

– J'attraperai ton assassin avant.

Mimi serra les bras sur ses flancs.

– Tu as intérêt. Tiens-moi au courant.

Elle alla rejoindre le groupe, qui s'était agglutiné sur le trottoir. Deming l'imita quelques minutes plus tard.

– On va chez Stella, annonça Piper en voyant arriver la *Venator*. Son frère est rentré de la fac de Brown et il a des copains qui sont... à croquer.

– Sans moi, répondit Deming un peu brusquement.

Sa rencontre impromptue avec la Régente l'avait contrariée. D'accord, il fallait qu'elle agisse plus vite... Elle regarda le groupe de garçons qui jouaient à se lancer l'iPhone de Froggy.

Elle dit au revoir aux filles et s'approcha de Bryce.

– Tu me raccompagnes ? lui demanda-t-elle en se frayant un chemin dans la petite troupe.

Bryce l'observa. Ils avaient passé les deux derniers jours à fréquenter la même bande mais n'avaient pas encore échangé deux mots. Ce qui n'avait pas d'importance, d'ailleurs, du moment qu'elle lui plaisait... et Deming n'avait encore jamais déplu à un garçon.

– Oui, bonne idée, répondit-il comme prévu.

Sa voix évoquait le Tabasco et le miel : rauque et douce à la fois.

– On se retrouve plus tard ! lança-t-il à ses amis en s'éloignant à ses côtés.

Deming observa le beau garçon qui marchait près d'elle. Elle avait vu beaucoup d'injustice et de cruauté pendant sa vie de *Venator*, et le mépris de la vie l'offensait profondément. Elle se fichait que ce soit une existence mortelle ou immortelle : toute vie était précieuse. Bryce Cutting avait-il décidé que celle de Victoria ne l'était pas ? Et si oui, pourquoi ?

Elle avait promis à la Régente de débusquer l'assassin de Victoria. Deming n'avait encore jamais fait une promesse sans la tenir.

TRENTE

Le rôle de la petite amie

Sortir avec Bryce fut presque trop facile. Dès qu'il l'eut raccompagnée de la pizzeria, ils étaient ensemble. Le lendemain au lycée, il l'attendait déjà après tous les cours pour la peloter dans les couloirs. Elle devait encore s'habituer au goût de sa langue dans sa bouche et au fait de se faire appeler « Bébé ».

On était samedi après-midi, et les garçons se livraient à une de leurs activités préférées : jeux vidéo et *farniente*. Bryce l'avait invitée à le retrouver dans l'hôtel particulier de Froggy. En arrivant, elle s'éclipsa immédiatement sous le prétexte de se repoudrer le nez aux toilettes de l'étage, mais se glissa en fait dans la chambre de Froggy. Dans le temps qu'il fallait à des agents sang-rouge pour prendre une empreinte digitale, elle avait déjà passé au peigne fin l'environnement du jeune homme et son milieu familial.

Elle avait téléchargé une copie de son disque dur pour l'envoyer à l'équipe technique, et fait un test dans le *Glom* pour voir si elle trouvait un indice dans la mémoire de l'esprit. S'il avait été coupable, elle aurait pu détecter des traces de remords, d'horreur ou de violence dans son environnement physique proche. Surtout s'il avait manipulé la flamme du diable, qui laissait une odeur distincte des années après : l'incendie de Rio fumait encore. Mais la seule chose qu'elle put détecter fut un fumet malodorant issu de son panier de chaussettes sales.

Elle soupira en repoussant le tiroir du bureau. Comme elle s'en doutait, ce garçon n'avait rien d'extraordinairement bon ni mauvais : il recelait l'esprit d'un ange mineur, relativement sans histoires. Quant à ses parents de cycle, les Kernochan, ils ne s'intéressaient que de très loin aux affaires de l'Assemblée. Ils n'avaient jamais servi en tant qu'Aînés ou Sentinelles ; c'étaient des apolitiques qui n'auraient pas su se battre contre un sang-d'argent même si leur vie en avait dépendu. S'ils avaient été un jour des guerriers de Dieu, c'étaient aujourd'hui des banquiers de l'Amérique. Pour ce qu'elle en savait, ils ne se souciaient que du cours de la Bourse.

– Bébé ? T'es là-haut ? l'appela Bryce.

– Je descends tout de suite, chéri.

Elle n'avait jamais joué le rôle de la petite amie, du moins pas en mission : bien sûr, elle avait déjà eu des amoureux, comme tout le monde de nos jours. Cela devenait terriblement à la mode de jouer avec le lien éternel, de flirter avec le destin. Les anciens étaient ébahis par la désinvolture avec laquelle la nouvelle génération traitait ses devoirs célestes.

Il suffisait de voir ce qui était arrivé à Jack Force... une honte, vraiment. Quel gâchis. Il serait jugé et condamné au bûcher dès qu'il remettrait le pied à New York. Du moins si l'Assemblée existait encore. Et sinon, Deming ne doutait pas que Mimi le carboniserait elle-même, procès ou pas.

Deming faisait toujours attention à ne pas trop s'engager avec les garçons et à rompre avant que l'histoire ne devienne sérieuse. Elle savait comme tout le monde qu'une fois que l'on avait trouvé son âme sœur et qu'on s'était reconnus dans le cycle, c'était *game over*.

En ce qui concernait Bryce, son histoire immortelle paraissait propre aussi, malgré son profil d'ange noir. Cependant, elle remarquait que son *affectus* s'était obscurci : il était d'un blanc trouble et nébuleux qui signifiait qu'il cachait quelque chose. Deming ne pouvait encore dire s'il y avait le moindre rapport avec l'assassinat de Victoria. Il fallait qu'elle trouve le moyen de se rapprocher de lui, pour lire dans ses souvenirs et découvrir ce qu'il laissait dans l'ombre. Elle n'aimait pas qu'on la presse, mais vu les exigences de rapports quotidiens de la Régente, il fallait qu'elle passe la vitesse supérieure.

La mémoire du *Glom* de l'appartement de Jaime Kip avait confirmé les témoignages oculaires : Victoria avait laissé Evan sur le canapé pour aller traîner avec Froggy et Bryce à la fin de la fête. Aucune trace spirituelle n'indiquait une agression ou un kidnapping. Si elle avait été emmenée contre sa volonté, Deming l'aurait senti. Non. Victoria était partie avec un ami qui ne lui voulait pas de bien. Était-ce Bryce ? Était-ce cela qu'il cachait ? Ses tendances d'ange noir avaient-elles pris le dessus ? Elle ne voulait pas se faire d'idées reçues sur lui, mais c'était difficile de ne pas en avoir quand on ne voyait pas d'autre explication.

Deming veilla à ce que la chambre soit aussi désordonnée que quand elle l'avait trouvée et descendit rejoindre Bryce et ses amis, vautrés sur les canapés du salon encombré des Kernochan. Comme beaucoup de riches New-Yorkais, ils avaient rempli leur demeure de tableaux et d'antiquités sans prix, dignes d'un musée, choisis par un décorateur payé au mois. Et pourtant, personne n'utilisait jamais ces pièces magnifiques, parfaites. Au contraire, le décorateur d'intérieur laissait toujours une pièce sans fenêtre dans le fond, remplie de canapés confortables et d'une télé à écran géant, si bien que quatre-vingt-dix pour cent de la vie de l'hôtel particulier se déroulait dans une seule pièce tandis que le reste du vaste appartement était inhabité, prêt à être photographié pour un reportage dans un magazine de déco qui ne sortirait d'ailleurs jamais. L'élite sang-bleu restait discrète : mieux valait empêcher les masses d'avoir vent de leurs privilèges, au cas où elles se soulèveraient pour aller leur couper la tête. Même si Marie-Antoinette avait survécu (elle vivait en ce moment son cycle dans l'Assemblée européenne, sous les traits d'une actrice célèbre et capricieuse... et elle aimait toujours autant la brioche), les vampires avaient compris la leçon.

– On pensait aller chez Rufus à Greenwich. Il invite du monde ce week-end, dit Bryce. L'hélico passe nous chercher dans une heure. On restera dormir là-bas. Tu en es ?

Une escapade d'un week-end, vingt-quatre heures avec son nouveau et mystérieux petit copain, suspect n° 1 dans la mort d'un immortel. C'était l'occasion qu'elle guettait. Elle lui adressa un sourire radieux et promit de le retrouver à l'héliport, parée pour le départ.

TRENTE ET UN

Fiesta

L e domaine des King occupait dix hectares de terrain en bord de mer dans le sud-ouest du Connecticut. Le père de Rufus était un de ces *traders* qui avaient réussi à profiter de la récession pour s'enrichir et non s'appauvrir, en jouant *contre* l'économie. Deming se demandait si c'était vraiment conforme au Code des vampires, lesquels étaient censés montrer l'exemple à l'espèce humaine. De nos jours, beaucoup de vampires s'intéressaient moins au bien de l'humanité qu'à leurs propres intérêts.

Il faisait nuit quand ils arrivèrent, et la fête battait son plein. Deming suivit les garçons à l'intérieur ; l'entrée était jonchée de sacs à dos et de vêtements jetés pêle-mêle. On entendait du rap à plein volume, accompagné de bruits d'éclaboussures. Rufus King, qui était en première année de fac à Yale, les accueillit chaleureusement.

– Salut, merci d'être venus ! La piscine est derrière.

La maison comprenait une piscine extérieure, actuellement bâchée, ainsi qu'une piscine d'intérieur abritée par une verrière, au centre de la maison. Deming s'en approcha avec sa bande. Les copains de Bryce étaient déjà à l'eau ; celui-ci se hâta de retirer son pantalon, sa chemise et ses chaussettes et de faire la bombe avec un cri strident, en caleçon.

– Salut ! dit Deming en s'approchant d'une bande de filles qui laissaient pendre leurs pieds dans l'eau.

– Tiens, salut ! C'était bien, la balade en hélico ? lui demanda Stella.

Mais elle se détourna avant que Deming n'ait pu répondre. Personne d'autre ne prit la peine de la saluer. Piper fit une grimace et regarda ailleurs. Elle avait mal pris le coup d'éclat de Deming l'autre soir, et ne lui avait pas reparlé depuis. Il faut dire que Piper était exactement du genre à être contrariée que sa nouvelle amie se trouve un mec. Certaines filles étaient comme ça, c'est tout, Deming n'y pouvait rien. Mais elle s'en fichait complètement. Elle n'était pas là pour se faire des amies.

Elle était légèrement agacée de se retrouver coincée dans une fête idiote. Elle n'était là que pour éliminer enfin Bryce Cutting de sa liste de suspects. Après ce soir, si l'*affectus* du garçon ne révélait rien de lié à l'affaire, elle reprendrait le dossier à zéro. Au départ, elle avait cru dur comme fer qu'elle trouverait son assassin dans ce groupe d'adolescents égocentriques et hédonistes, mais après une semaine en leur compagnie, elle commençait à se dire qu'elle était peut-être sur la mauvaise piste. Elle était embêtée d'avoir perdu tant de temps : l'assassin de Victoria était toujours dans la nature, et la Régente comptait sur elle pour sauver la cohésion de l'Assemblée.

Elle laissa les filles et trouva une chambre vide où elle pourrait enfiler son maillot de bain. Une fois en tenue, elle se joignit à un groupe de jeunes gens réunis autour du bar dans la cuisine, et constata avec étonnement que quelques-uns étaient des sang-rouge.

Un garçon leva la tête à son approche.

– Salut. Deming, c'est bien ça ?

Elle l'avait déjà vu, au Sanctuaire, se disputer avec un autre scribe qui rangeait des livres dans des boîtes. La Régente avait raison de s'inquiéter ; le Conclave ne bluffait pas. Si Mimi ne trouvait pas le moyen de l'arrêter, il allait de nouveau entraîner les vampires sous terre.

– Tu es Oliver, dit-elle en lui serrant la main. L'ami de Mimi.

Elle lui était même rentrée dedans alors qu'il sortait du bureau de la Régente.

Les lèvres d'Oliver tressaillirent.

– Alors ça, c'est nouveau. Ce n'est pas mon amie !

– Ni la mienne, répondit Deming, et ils partagèrent un éclat de rire complice.

– Je ne savais pas qu'il y aurait des humains à cette fête, glissa-t-elle en acceptant un verre de whisky avec un trait de soda.

L'alcool était là pour les humains. Cela donnait un meilleur goût à leur sang lors de la *Caerimonia*, plus tard dans la soirée.

– Je suis copain avec Gemma Anderson, l'Intermédiaire de Stella. Sinon, en ce qui concerne tous les « n'a-qu'une-vie » présents, je crois que c'est une fête de recrutement, tu vois ?

Il voulait dire que les sang-bleu avaient invité un groupe d'humains dont ils comptaient faire leurs familiers. Une « dégustation », comme ils disaient parfois.

– Mais je vois que tu n'es pas dans la course, observa-t-elle en remarquant les petites cicatrices de morsures qu'il portait dans le cou. C'est toujours pareil, tous les bons sont déjà pris !

Oliver sourit, mais c'était un sourire jaune, qui lui révéla tout ce qu'elle avait besoin de savoir. Qui que fût sa partenaire vampire, elle n'était plus avec lui. Le pauvre.

– Tu connais Paul ? lui demanda Oliver en se tournant vers un type qui restait planté derrière lui.

– On est en cours d'Esprit de l'Être ensemble, confirma Deming. Salut !

– Tu veux dire Soufre et Satanisme, commenta Paul avec un fin sourire.

– Le diable reconnaîtra les siens, plaisanta Oliver. J'ai suivi ce cours l'an dernier. Vous travaillez sur le *Paradis perdu* en ce moment ?

Deming but une gorgée dans son verre, et le goût la fit grimacer.

– Oui. Paul, ici présent, trouve que Milton a été trop gentil avec Satan. Qu'il en a un peu trop fait un personnage romantique et sympathique.

– C'est le syndrome du *bad boy* ; les filles adorent, dit Paul, les yeux brillants. Tiens, d'ailleurs, quand on parle du loup... ajouta-t-il entre ses dents.

Au même moment, Deming sentit une main froide sur son épaule nue.

– Te voilà ! s'exclama Bryce. (Il ne prit pas la peine de saluer les autres.) Viens, on est au bord de la piscine.

Elle fit un petit signe d'excuse à Oliver et Paul tout en s'éloignant avec Bryce.

– Dis donc, tu n'as pas à être aussi grossier, protesta-t-elle en descendant avec lui dans le petit bassin. Ce n'est pas parce que ce sont des sang-rouge qu'ils ne valent rien. L'un d'entre eux travaille au Sanctuaire.

Sous l'eau, elle entoura Bryce de ses jambes.

– Il y a une chambre à l'étage, lui souffla-t-elle à l'oreille... rien que pour nous. Tu n'es... lié à personne, n'est-ce pas ? Pas encore, du moins ?

– Nnmm. (Il l'embrassa dans le cou.) Et toi ?

– En fait, je suis une jumelle stellaire. Je n'ai pas de partenaire de lien.

C'était chose rare, dans le monde vampirique, d'avoir un frère ou une sœur d'étoile. Les jumeaux stellaires étaient deux moitiés de la même personne, faites de la même étoile de l'empyrée qui s'était divisée en deux et avait produit deux esprits au lieu d'un, identiques en tout point.

Deming ne comprendrait jamais les lois du lien de sang régissant les âmes sœurs célestes. Ces âmes qui étaient complètes et incomplètes à la fois. Beaucoup de jumeaux stellaires devenaient *Venator*, comme Sam et Ted Lennox ou elle-même.

Une fois tous les cent ans environ, elle vivait une histoire d'amour avec quelqu'un qui avait perdu son partenaire de lien, mais la plupart du temps elle restait seule. Les vampires stellaires vivaient souvent tout leur cycle dans la solitude.

Mais cela ne signifiait pas qu'elle devait rester seule tout le temps.

– Rendez-vous là-haut, dit-elle à Bryce.

Elle allait amadouer l'ange noir pour le faire sortir de l'ombre.

TRENTE-DEUX

Interrogatoire

B ryce était penché au-dessus de son corps, sombre et superbe dans le clair de lune. Elle passa les doigts sur son ventre ferme, en suivant le contour de chaque muscle. Ses baisers étaient profonds et insistants : des baisers d'homme qui obtient toujours ce qu'il veut. Toute autre fille aurait été aux anges, mais après l'avoir embrassé pendant des heures – c'était du moins son impression – Deming s'ennuyait ferme. Elle avait hâte de passer aux choses sérieuses.

Il cessa un instant de la mordiller dans le cou pour la regarder dans les yeux.

– Ça ne va pas ? lui demanda-t-il d'une voix rauque, car elle avait arrêté de...

Que faisait-elle, déjà ? Ah oui, gémir avec application en s'accrochant à ses cheveux.

– Si, si, tout va bien...

Elle décida de mettre les pieds dans le plat. C'était une des raisons pour lesquelles elle était une *Venator* si efficace. Elle n'avait pas besoin du *Glom* pour pousser les gens à dire la vérité. Pour cela, elle les *séduisait*. Elle devenait une oreille attentive, une épaule sur laquelle pleurer, quelqu'un à qui se confier, une amie compréhensive. Et là, puisqu'il était vautré sur elle, c'était le moment parfait pour lui poser une question à laquelle il ne s'attendait pas.

– Je m'inquiète pour Victoria, à cause de ce qu'a dit Stella l'autre jour. Tu crois que c'est vrai ? Qu'elle n'est peut-être pas en Suisse et que le Conclave nous cache quelque chose ?

– Qui sait ? Après tout, ce ne serait pas la première fois, hein ?

– Tu la connaissais bien ?

– Vix ? Comme tout le monde, dit-il en se baissant pour embrasser sa gorge.

Le courant d'air venu de la fenêtre la fit légèrement frissonner, mais Bryce interpréta cela comme une réaction à sa sensualité et se pressa plus fort contre elle.

– Enfin, c'était une copine. Elle faisait partie de la bande. Tu vois, quoi.

– Tu crois que quelqu'un aurait pu... je ne sais pas... avoir quelque chose contre elle ? C'est peut-être pour ça qu'elle a dû partir ?

Bryce pesa de tout son poids sur elle, mais au lieu de s'abandonner, Deming resta rigide.

– Parfois, quand un jeune a des soucis au lycée, ses parents l'envoient ailleurs. Victoria avait peut-être un problème avec quelqu'un... Piper, tu crois ?

Il cessa de descendre le long de son corps et refusa de croiser son regard. Elle avait choisi le nom de Piper au hasard et ne s'attendait pas à cette réaction de la part de Bryce. D'un coup, elle sentit le corps du garçon se glacer. Voilà qui était intéressant.

230

– Piper ne l'aimait pas ?

– Je n'ai pas dit ça, grogna-t-il en roulant sur le côté.

Là, elle savait qu'elle tenait *vraiment* quelque chose. Son *affectus* avait pris une teinte vermillon foncé. Elle le voyait tout autour de son corps, presque concret, physique. Bryce était agité, inquiet. Il savait quelque chose sur Piper et Victoria. Deming sentit son rythme cardiaque s'accélérer, mais son visage resta impassible. S'approchait-elle enfin d'un résultat ?

– Est-ce qu'elles se disputaient ? Victoria a-t-elle fait quelque chose à Piper qui a pu la mettre en colère ? insista-t-elle.

– Pas à ma connaissance, répondit Bryce en se grattant le nez.

Il avait l'air de se recroqueviller, et son *affectus* se mit à palpiter en rouge et noir, brillant comme un phare dans la nuit.

Deming se rua dans le *Glom* en explosant les verrous qui protégeaient l'esprit de Bryce contre les intrusions. Elle s'enfonça dans la brume de sa mémoire. Puis elle trouva : il était là, le souvenir qui déclenchait un tel trouble. Le soir de la fête : Piper Crandall se disputant avec Victoria Taylor. Elle ne distinguait pas ce que disaient les filles – Bryce était alors trop loin pour les entendre –, mais il était clair que Piper était complètement bouleversée quand elles étaient parties ensemble. Donc, Piper avait bien été la dernière personne à voir Victoria vivante. Victoria était partie avec Piper, et on ne l'avait jamais revue.

Deming n'avait pas besoin d'en savoir davantage. Elle repoussa Bryce et se rhabilla à la hâte. Il fallait qu'elle aille relire le dossier de Piper pour comprendre ce qu'elle avait raté.

– Où tu vas ?

231

– Pardon, j'ai oublié de te prévenir... Il faut que je sois à New York demain, j'ai rendez-vous avec mon oncle, dit-elle sans un regard en arrière.

Elle laissa Bryce seul dans le lit et descendit à pas de loup. La fête tirait à sa fin. La plupart des sang-bleu étaient partis ou s'étaient retirés dans l'une des multiples chambres. Quelques sang-rouge étaient affalés sur le canapé ou inconscients par terre, abandonnés par leur nouveau maître.

– Tiens ! s'exclama-t-elle en croisant Paul Rayburn au moment où il sortait. L'ennemi du diable !

– Tiens, salut, ça va ? répondit-il, l'air étonné de la voir.

Elle remarqua que son cou ne portait pas de marques de morsure, ce qui indiquait qu'il n'avait pas été choisi. Il était plutôt mignon, mais Deming savait que la plupart des vampirettes de la fête ne craquaient pas pour le genre intello sensible. Les « sang-fade », comme elles les appelaient. Elle s'en trouva curieusement soulagée, ce qui l'intrigua. Qu'est-ce que cela pouvait lui faire, qu'une autre vampire se l'approprie ?

– Tu t'en vas ? lui demanda-t-elle.

Elle comptait rentrer en courant, à la vitesse *Velox*, mais c'était fatigant.

– Tu rentres sur Manhattan ? Tu peux m'emmener ?

Il regarda autour de lui.

– En fait... j'attendais quelqu'un. Mais c'est pas grave. Oui, bien sûr. Pourquoi pas. J'ai la voiture de mon frère.

Elle lui fit un grand sourire.

– Super. J'habite dans le Village.

TRENTE-TROIS

Deux amies

P aul Rayburn conduisait en gardant bien les mains à deux heures et dix heures sur le volant. Il jetait sans cesse des regards timides à Deming. Il se racla la gorge.

– Je te croyais avec Bryce.

– Je l'étais, reconnut-elle en bâillant. Mais c'est fini.

Assurément, c'était terminé. Bryce Cutting ne lui servait plus à rien, maintenant qu'elle connaissait son secret.

– Ben dis donc, c'était rapide... Serais-tu une croqueuse d'hommes ?

– Depuis quand est-ce que tu t'intéresses à ma vie amoureuse ? le taquina-t-elle.

Quand Paul regarda par-dessus son épaule pour changer de file, leurs yeux se croisèrent brièvement.

– Depuis le début.

Il était amoureux d'elle. C'était bien ce qu'elle pensait, elle l'avait lu dans son *affectus* chaque fois qu'il l'avait regardée. Deming éprouva un étrange frisson. Elle avait laissé un ange noir pantelant dans une chambre à l'étage, mais dans une voiture avec un simple mortel, elle se surprenait à ressentir une émotion qui n'y était pas quelques minutes plus tôt. *De l'inté-rêt. De l'attraction.* Il s'avérait que le genre intello sensible, c'était son genre. Elle commençait à se demander quel goût avait son sang... elle aurait parié que les idées reçues sur les sang-fade étaient fausses.

– Il faut que je te prévienne, tu ne vas pas te débarrasser de moi si facilement, dit-il.

– Ah non ?

– Non, enfin... si tu étais ma copine, je veillerais, par exemple, à ce que tu ne partes pas de la fête avec un autre.

– Et que ferais-tu, encore ? demanda-t-elle, curieuse.

Il rougit.

– Je ne vais pas te le dire.

– Parce que moi, j'imagine beaucoup de choses.

Elle sourit. C'était amusant. La sagesse conventionnelle voulait que l'on choisisse certains humains comme familiers pour des raisons purement physiques, liées à la chimie du sang. Deming ne s'était encore jamais approprié un humain. Si de plus en plus de vampires prenaient leurs familiers à un âge précoce, elle, pour sa part, ne comptait pas le faire avant ses dix-huit ans.

En se penchant pour prendre l'iPod dans la boîte à gants, Paul frôla accidentellement sa main, et Deming sentit une décharge d'énergie électrique passer entre eux. Elle se sentait comme une allumette qui flambait à son contact. Soudain, elle eut du mal à respirer. C'était donc de cela que tout le monde parlait ? C'était ça, le désir de sang ? Jusqu'à présent, elle n'en avait jamais fait l'expérience dans ce cycle : la faim du sang d'un humain en particulier, ce désir aigu, reconnaissable entre mille. C'était comme si tout son corps réclamait de goûter à ce sang, comme si elle ne pouvait pas être satisfaite tant qu'elle n'en aurait pas bu.

– Ça va ? Tu es un peu pâle.

– Je vais bien.

Deming détourna les yeux. Elle plaqua une main sur sa bouche. Ses crocs dépassaient ; elle *salivait*. Elle le voulait. Elle le voulait si fort qu'elle dut rassembler sa concentration pour s'empêcher de lui sauter dessus. De toute manière, elle n'avait pas le temps. Même si elle voulait Paul et ressentait pour la première fois le désir du sang, il fallait qu'elle reste concentrée. Elle avait un boulot à terminer.

– Comment tu les connais, ces types ? demanda-t-elle en prenant un air dégagé, et en s'efforçant de ne pas remarquer l'électricité qui crépitait entre eux. Par Gemma ?

– Ouais. Mais c'est Piper qui m'a invité. Elle était un peu obligée, vu que j'étais à côté d'elle quand ils en ont parlé. On m'a invité par charité.

En entendant le nom de Piper, Deming concentra de nouveau son énergie.

– Elle est sympa, Piper... commença-t-elle pour le laisser continuer.

Elle voulait découvrir ce que les autres pensaient de cette fille. La mémoire de Bryce n'était qu'un morceau du puzzle, mais si elle voulait épingler Piper Crandall, il lui faudrait bien plus d'informations pour avoir un dossier solide.

Paul changea encore de voie.

– Ouais, ça va. Vous êtes copines, hein ?

– Plus ou moins. Il paraît qu'elle était très proche d'une fille qui s'appelait Victoria Taylor, qui est partie avant mon arrivée.

Il tripota le bouton de la radio et la voiture fit une petite embardée.

– Oh zut, j'ai loupé la sortie. Pardon, tu disais ? Piper et Victoria ?

Les Cowboy Junkies passaient en musique de fond.

– Elles étaient très amies ?

– Tu veux dire qu'elles étaient amies, jusqu'à...

– Jusqu'à ?

Deming se pencha vers lui. Paul lui lança un regard rapide.

– Tu sais, je n'écoute pas les ragots, surtout ceux qui concernent des gens qui, en gros, ne savent même pas que j'existe : c'est trop dégradant. Mais que dire ? Je fréquente ce lycée, je ne suis pas sourd. Il paraît que Victoria et Bryce sont sortis ensemble et que Piper l'a appris le soir de la fête chez Jaime Kip.

– Ah bon ? Victoria et Bryce ? Ils étaient ensemble ?

Elle n'avait trouvé aucune indication de cela dans les rapports, et Victoria ne jouait le premier rôle dans aucun des souvenirs de Bryce.

– Ouais. Et ça a mis Piper en rogne.

Il était clair que Paul mentait en disant qu'il n'aimait pas les ragots. Il baignait dans une lumière jaune, chaude et miroitante, qui illuminait ses traits.

– Mais qu'est-ce que ça pouvait faire à Piper ?

– Piper et Bryce sont des ex. (Il haussa les épaules.) Je croyais que tout le monde le savait.

Alors c'était pour cela que les filles s'étaient disputées à la fête, c'était pour cela que Piper avait l'air folle de rage. C'était la rancœur secrète que cherchait Deming, le poison dans la pomme. Elle comprenait les émotions sombres et violentes qui ôtaient des vies et poussaient les gens à brûler et à torturer leurs meilleurs amis, à décider qu'ils ne valaient pas un tas de sciure de bois. Dans son existence de *Venator*, elle avait vu les effets que pouvaient avoir l'amertume, l'envie et la jalousie sur une amitié apparemment étroite. Piper et Victoria avaient aimé le même ange noir.

Piper et Bryce avaient été ensemble, mais Victoria s'était interposée entre eux. La jalousie pour un garçon avait monté une fille contre l'autre. Deming ne pensait pas que Bryce savait ce qu'avait fait Piper, mais il en soupçonnait suffisamment pour culpabiliser. Le soir de la fête de Jaime Kip, Piper avait découvert que sa meilleure amie l'avait trahie.

Enfin, Deming avait ce qu'elle cherchait : un mobile.

TRENTE-QUATRE

Sans lien

P iper Crandall lui décocha un regard noir par-dessus la table. Les frères Lennox avaient embarqué la suspecte le lundi après-midi au lycée, et l'avaient amenée pour interrogatoire au QG des *Venator*.

– *Toi !* cracha-t-elle à l'instant où elle vit Deming pénétrer dans la pièce sans fenêtres. Qu'est-ce que tu veux ? Qu'est-ce que c'est que cette histoire ? On me dit que je suis là pour répondre à des questions. Tu es un *Venator*, c'est ça ? Qu'est-ce qui se passe ?

– Je veux qu'on parle de Victoria Taylor, répondit Deming sans se démonter.

Elle avait troqué son accoutrement de lycéenne à la pointe de la mode contre le costume noir réglementaire des *Venator*. Pour la première fois depuis son arrivée à New York, Deming se sentait de nouveau elle-même. C'était un soulagement de cesser de se déguiser. Elle avait passé le week-end à compulser les archives et à monter son dossier. Elle était prête.

– Eh bien quoi, Victoria ? demanda nerveusement Piper.

Deming se tourna vers l'écran de télévision accroché au mur et appuya sur PLAY.

– Tu as vu cette vidéo ?

– Évidemment, elle est partout sur Internet. Encore un film de vampires monté par la Conspiration.

– Ce n'est pas une bande-annonce. C'est la réalité. Et c'est Victoria qu'on voit dans le film. Tiens, là. Ça te dit quelque chose ?

Deming passa la vidéo où l'on voyait brûler Victoria. Elle s'efforçait de ne pas manifester d'émotion, mais c'était éprouvant à regarder.

Piper devint livide et pressa ses mains contre ses yeux.

– Oh mon Dieu. Oh mon Dieu. Elle est... oh mon Dieu... est-ce que c'est vraiment... non... non... Non, Victoria... non. Elle est censée être à Le Rosey... Qu'est-ce qui s'est passé... oh mon Dieu...

Deming coupa court à ses lamentations. Cette fille était bonne comédienne, il fallait le lui reconnaître, mais la *Venator* ne marchait pas une seconde.

– Le soir de la fête de Jaime Kip, tu as appris que ta meilleure amie sortait avec ton ex.

– Mais de quoi tu parles ? (Piper sanglotait, les yeux et le nez rouges.) Victoria est morte ? Oh mon Dieu. Qu'est-ce qui s'est passé ? Qui lui a fait ça ?

Deming eut pitié un instant, mais elle avait déjà vu cela : des suspects incapables de reconnaître l'horreur de leur crime, et honnêtement persuadés, du fond du cœur, qu'ils n'avaient jamais fait de mal à leurs proches. Elle poursuivit l'interrogatoire sans relâche.

– Victoria s'interposait entre vous deux, et tu as voulu la punir. Tu voulais sa mort, et tu as inventé une menace de conspiration pour cacher la vraie raison. Dissimuler ton mobile.

En revoyant le dossier de Piper, Deming avait remarqué qu'elle était membre junior de la Conspiration. En tant que telle, elle avait accès au fonctionnement du sous-comité ; elle savait comment procéder pour créer l'illusion d'une vraie menace sur la sécurité.

– Je ne comprends pas, gémissait Piper. Victoria... pourquoi... oh mon Dieu, pourquoi... ?

– Pourquoi, précisément. Pourquoi voulais-tu sa mort ? Parce qu'elle s'est incrustée dans la relation la plus sacrée que tu avais au monde. Parce que Bryce Cutting et toi, vous êtes des *âmes sœurs*.

Au fond, tout revenait toujours au lien. Étant elle-même sans lien, Deming n'avait jamais compris pourquoi on en faisait toute une histoire. À ce qu'elle voyait, le lien ne faisait que tout compliquer.

C'était exactement comme le kidnapping de Shanghai, où c'était l'argent, et non la peur d'être exposés, qui avait servi d'écran de fumée. Le vampire qui avait enlevé Liling était persuadé qu'elle était son âme sœur, et il avait voulu la punir d'être tombée amoureuse d'un autre. Il avait voulu se servir du Code pour arriver à ses fins. Deming avait sauvé la fille juste à temps. Et c'était une bonne chose puisque, au bout de compte, le garçon se trompait. Il n'y avait pas de lien entre eux et il n'y en avait jamais eu.

Certains vampires pensaient que le lien était au-dessus de toutes les histoires d'amour. Des âmes qui s'appelaient à travers les siècles. Mais Deming savait que rien n'était jamais si simple. Pas dans les affaires de cœur et de lien. Victoria Taylor n'avait pas été la première à souffrir à cause d'un lien, et elle ne serait pas la dernière.

Après un silence assourdissant, Piper prit enfin la parole.

– Il t'a fallu un bout de temps pour comprendre, hein ? dit-elle avec amertume en essuyant ses larmes. Que Bryce était à moi. Tu t'en fichais pas mal quand tu es sortie avec lui à la fête de Rufus.

Deming piqua un fard.

– Ça n'avait aucune importance.

– Ah bon ? Et qu'est-ce que tu penses de ça, *Venator* ? Je ne sais pas où tu as pêché l'idée idiote que Victoria m'a « piqué » Bryce et que je l'ai tuée. Tu te trompes totalement de ce côté-là. Victoria était mon amie. Elle était la meilleure amie que j'aie jamais eue. Elle ne s'est jamais interposée entre nous. Demande à n'importe qui au lycée. Victoria n'aimait même pas Bryce. Elle n'arrivait pas à croire qu'il soit mon jumeau vampirique. « Pas ce connard ! », voilà ce qu'elle disait. Alors oui, ça me mettait en rogne. Mais ce qui m'a énervée encore plus à la fête de Jaime, c'est que Bryce ne voulait pas admettre que nous nous étions trouvés. Il voulait de l'air, disait-il. Il voulait du temps, pour être *sûr*. Je lui en voulais terriblement, et Vix essayait de me calmer, alors je me suis déchaînée contre elle. Mais Vix était une véritable amie. D'ailleurs, personne ne s'est jamais incrusté entre Bryce et moi à part *toi*, espèce de dingue sans lien. Fais-moi passer l'épreuve du sang. Fouille mon subconscient autant que ça te chante. Je dis la vérité.

TRENTE-CINQ

La seconde victime

Deming tremblait lorsqu'elle sortit de la salle d'interrogatoire. Ted Lennox lui lança un regard compatissant.

– C'est clair comme le jour dans le *Glom*.

– Je sais.

Elle s'effondra sur la chaise la plus proche. Elle aussi l'avait vu, et même plus clairement qu'eux, qui avaient dû se rendre dans le monde crépusculaire pour observer l'*affectus* de Piper.

Il fallait qu'elle soit certaine : si Victoria courait après Bryce, tout s'expliquait. Rien n'était plus formellement interdit, dans la communauté sang-bleu, que de s'immiscer dans un lien. Rien. Il suffisait de voir les jumeaux Force.

Lorsqu'elle l'avait questionné sur Piper, Bryce Cutting avait eu l'air coupable, s'était senti coupable, et d'ailleurs il l'était, car il savait qu'il était en train de tromper son âme sœur. Entendre le nom de Piper pendant qu'il sortait avec Deming l'avait terrifié. Bryce avait réagi au nom de Piper, c'était certain, mais pas pour la raison à laquelle s'attendait la *Venator*.

Celle-ci était si sûre de son talent pour lire dans l'*affectus* qu'elle avait immédiatement conclu que Piper était l'assassin, que la menace de perdre le lien l'avait poussée à monter une intrigue élaborée qui se terminait par l'assassinat de sa meilleure amie. Elle n'aurait pu se tromper plus largement.

Sam Lennox surgit du *Glom* et lui agrippa l'épaule.

– Désolé. Mais c'était une bonne idée, quand même.

Une bonne idée, mais pas assez bonne. Pas la vérité. Elle était de retour à la case départ. De retour là où elle avait commencé. Dans le noir. Nulle part. Les frères Lennox faisaient preuve de gentillesse, mais leur déception disait tout.

– Au fait, dès que tu pourras, la Régente veut te voir dans son bureau, l'informa Sam d'une voix égale.

En arrivant au QG, Deming fut introduite dans une petite salle d'attente. On la fit patienter plusieurs heures, sans rien d'autre pour lui tenir compagnie que le bourdonnement de FNN sur l'écran de télévision et de vieux magazines. Enfin, la secrétaire de Mimi arriva.

– Elle est prête à vous recevoir, ma chère, lui annonça Doris.

Deming entra et s'assit devant l'énorme bureau. La Régente était visiblement d'humeur massacrante. Jamais la *Venator* n'avait vu un *affectus* plus noir. Elle se raidit en attendant de se faire agonir d'injures.

Mais après un lourd silence, Mimi ne fit que soupirer.

– Tu as beaucoup de chance. Piper est tellement traumatisée par la mort de Victoria que les Crandall ont décidé de ne pas porter plainte.

– J'en assume la complète responsabilité. Si tu veux ma démission... dit Deming en regardant sa supérieure droit dans les yeux, la tête haute.

Ce qui s'était passé ce matin-là était un coup porté à son

ego, mais elle n'avait pas le temps de s'apitoyer sur elle-même. Elle se sentait accablée de honte, et se promit de se racheter auprès de Piper en amenant le véritable assassin de Victoria devant la justice.

– Non. Je ne l'accepte pas. Nous avons plus que jamais besoin de toi. Pendant que tu interrogeais ton suspect, ceci est arrivé dans ma boîte de réception.

Mimi tourna son écran pour que Deming puisse regarder. Cette fois, la vidéo était bien plus courte. Ce n'était qu'un plan fixe montrant un vampire ligoté et bâillonné. Mais le message était le même. « Au premier croissant de lune, regardez brûler le vampire. »

– Qui est-ce ? demanda Deming, stoïque face à cette nouvelle catastrophe.

– Stuart Rhodes. En terminale à Duchesne. Il est introuvable depuis la fête de Rufus King dans le Connecticut. Samedi soir. Tu y étais, non ?

– Si.

Deming passa en revue ses souvenirs de ce soir-là, mais elle avait été si obnubilée par Bryce qu'elle n'avait fait attention à personne d'autre, n'avait rien remarqué d'inhabituel. Stuart Rhodes. Qui était-ce, Stuart Rhodes ? Il n'était pas dans la bande des branchés. Mais la fête était une dégustation, ce qui signifiait que tous les sang-bleu de Duchesne étaient invités. Deming se souvenait vaguement d'un garçon calme, presque timide, qui se tenait à l'écart.

– Bref, c'est pareil. Exactement comme la vidéo de Victoria.

– Y a-t-il un lien entre Victoria Taylor et Stuart Rhodes ?

– À ma connaissance, non. Stuart n'est pas... enfin, disons qu'il avait ses amis à lui, dit Mimi avec délicatesse.

– Alors tu penses qu'ils sont choisis au hasard ?

La Régente haussa les épaules.

– C'est à toi de le découvrir, non ? En tout cas, comme avant, sa localisation est masquée. On ne le trouve pas dans le *Glom*.

– Ça circule sur Internet, ça ? demanda-t-elle avec un geste vers l'écran.

Mimi confirma d'un signe de tête.

– Oui, mais la Conspiration est sur le coup : ils vont ajouter un slogan pour *Suçons*. Ce sera fait d'ici une heure.

– Bien, le problème de sécurité est résolu.

– Mais ce n'est pas cela qui va nous aider à retrouver notre victime, pointa Mimi. Tu as entendu ce que dit la vidéo, et cette fois nous n'avons que trois jours avant la prochaine lune montante. J'ai réussi à cacher ce nouvel otage au Conclave pour le moment. Je ne peux pas faire encore sauter les verrous ; de toute manière, ça ne nous a pas aidés la dernière fois. Alors mets-toi au boulot et fais ce pour quoi je t'ai fait venir ici. Tu as intérêt à trouver quelque chose, Chen ! Trouve-moi mon assassin ! Trouve Stuart ! Sinon, je jure devant Dieu qu'à la mort de l'Assemblée, tu tomberas avec moi.

La Régente n'avait pas besoin de l'aide du *Glom* pour ressembler à un ange de la Mort déchaîné, à cet instant.

Mais Deming ne se démonta pas. Elle resta tranquillement dans son fauteuil.

– Compris.

– Tu m'as l'air bien sûre de toi, persifla Mimi. Qu'est-ce que tu comptes faire ?

– Ce que j'aurais dû faire à la minute où je suis arrivée à New York. Arpenter la mort.

TRENTE-SIX

Vérifications

L e lendemain matin, les frères Lennox écoutèrent attentivement Deming leur décrire ce qu'il leur faudrait pour l'aider à préparer sa mission. Après l'humiliation de la veille, elle avait cru qu'elle ne pourrait plus jamais travailler à New York, que ses collègues *Venator* exigeraient qu'elle soit retirée de l'affaire et renvoyée tout droit en Chine. Mais au contraire, les frères se montraient extraordinairement compréhensifs. Cela arrivait tout le temps, la rassuraient-ils. Les Chasseurs de vérité n'étaient pas infaillibles. Ils se trompaient parfois. L'important, c'était de ne pas baisser les bras.

Le projet consistait à entrer tous les trois ensemble dans le *Glom* ; Sam resterait au niveau supérieur pour faire le guet, tandis que Ted la suivrait le plus loin possible sur la piste de l'esprit, en s'arrêtant juste en dessous du niveau subconscient. Une fois en état de mort clinique, Deming pourrait passer sous le sort de masquage, localiser Stuart et traîner son corps hors du monde réel, jusque dans le *Glom*, où les garçons l'attendraient pour l'aider. Puis ils sortiraient d'un bond tous les quatre.

– Je trouve toujours cela risqué, commenta Sam en secouant la tête. Une fois dans le protoconscient, tu seras seule, et tu ne pourras peut-être pas regagner ton corps à temps.

– Oui, concrètement je serai morte pendant cinq minutes et mon cœur cessera de battre. Mais cinq minutes ici, cela équivaut à cinq heures dans le *Glom*. J'ai tout mon temps.

– C'est toi qui vois.

Deming acquiesça d'un hochement de tête.

– Nous le ferons demain soir. Il me faut une journée pour me préparer.

Pour s'apprêter à arpenter la mort, elle devait se familiariser avec le moindre aspect des incarnations actuelle et passées de sa victime. Étant donné l'histoire immortelle des sang-bleu, on ne pouvait jamais prévoir ce que l'on trouverait en arpentant la mort, et mieux valait avoir toutes les cartes en main. Quelque chose lui disait que Stuart Rhodes n'était pas une victime prise au hasard, même s'il n'avait pas de lien apparent avec Victoria Taylor. D'après ses cycles innombrables en tant que Chercheuse de vérité, Deming savait que les choses étaient rarement ce qu'elles paraissaient, et que même si on pouvait croire en surface que Victoria et Stuart n'avaient aucune connexion, la réalité était probablement bien plus complexe.

La mère de cycle de Stuart Rhodes était partie pour la campagne ; Deming laissa un message à son assistante, en demandant à ce que Mrs Rhodes la rappelle dès que possible. Entre-temps, la mère de cycle de Victoria accepta de rencontrer Deming autour d'une tasse de thé l'après-midi même. Même si elle ne pouvait plus rien faire pour Victoria, Deming pensait que les parents de cycle sauraient peut-être quelque chose qui pourrait l'aider dans cette affaire-ci, et lui apprendre s'il y avait un rapport quelconque entre les deux victimes.

Elle retrouva Gertrude Taylor au café du MoMA. Gertrude était l'un des principaux actionnaires du musée d'art moderne et un membre très actif du Comité. Les Taylor avaient été informés du décès de Victoria mais privés de la capacité de faire leur deuil, car la Régente avait insisté pour que tout soit classé top secret jusqu'à la résolution de l'affaire. D'après les rapports des *Venator*, les Taylor étaient des parents négligents qui connaissaient à peine leur fille : Deming ne savait donc pas trop à quoi s'attendre.

– Quel plaisir de vous rencontrer !

Gertrude sourit et prit un siège dans le café animé.

– Merci d'avoir bien voulu me voir, Mrs Taylor.

– Oh, appelez-moi Gertrude, et je sais que vous n'êtes pas vraiment élève à Duchesne. Vous êtes le *Venator* qu'on a fait venir pour découvrir qui avait infligé un tel sort à Victoria, hein ?

Deming acquiesça.

– J'essaie.

– Bien.

Gertrude touillait son thé vert. De près, Deming vit des rides profondes autour de ses yeux. Alors que la femme montrait tous les signes extérieurs de sérénité et de satisfaction, son visage portait une ombre de chagrin qu'aucune quantité de chirurgie esthétique ou de gènes vampiriques ne pouvait masquer. Les rapports se trompaient. Il était clair que cette femme souffrait.

– Victoria était notre première-née. On ne nous avait jamais demandé de porter un esprit avant. Lorsque nos noms sont sortis au Centre des archives, nous étions ravis. Victoria était une enfant adorable. Elle a toujours eu beaucoup d'amis. Je ne peux pas imaginer qu'on ait voulu lui faire du mal, surtout quelqu'un qui la connaissait.

– Et dans un cycle précédent ? Y avait-il quoi que ce soit dans son passé qui aurait pu indiquer... une rancœur ? Une faiblesse ? Quelque chose ?

– Rien qui me revienne à l'esprit.

Deming sortit son bloc-notes.

– De quand datait sa dernière incarnation ? Elle vous l'a dit ?

– Voyons. Je crois qu'au début de sa transformation, quand Victoria a commencé à retrouver les souvenirs du sang, elle m'a dit que le dernier cycle dont elle se souvenait (peut-être en a-t-elle vécu d'autres depuis) se passait à Florence, aux alentours du XVe siècle. Elle se rappelait l'atelier de Michel-Ange. Son dossier doit être au Centre des archives. Parfois, la mémoire du sang n'est pas très fiable à son âge.

– Merci beaucoup, vous m'aidez énormément.

– Merci à vous. Le Conclave nous cache toute cette affaire, mais nous sommes très heureux de voir qu'il a mis une pointure comme vous sur l'affaire.

Gertrude Taylor se leva de table et serra la main de Deming, les yeux brillants de larmes. L'espace d'un instant, elle ne ressembla plus à un pilier des galas mondains ni à un ange déchu, mais simplement à une mère qui pleure sa fille.

Quelques heures plus tard, la mère de Stuart Rhodes rappela enfin Deming. Les Rhodes étaient anthropologues et se trouvaient sur un chantier de fouilles en Égypte. En lisant le dossier de Stuart, Deming avait observé qu'il s'était pratiquement élevé tout seul. Au moment de la transformation, il avait à peine été supervisé.

Amelia Rhodes ne semblait pas particulièrement perturbée par la disparition de son fils.

– Ça ressemble à une sorte de blague, non ? demanda-t-elle dans le rugissement des hélicoptères. Je parlais encore à Stuart il y a quelques jours à peine. Il se rendait à une fête et il était fou de joie. Il ne reçoit pas beaucoup d'invitations, vous savez.

– Je crains que ce ne soit pas une farce, madame. La Régente m'a permis de vous informer que ce qui arrive à Stuart est arrivé à une autre élève de Duchesne, une autre vampire de notre communauté. (Deming lui donna les détails macabres.) Stuart court un grand danger.

– Mais que voulez-vous que nous fassions ? Nous n'avons jamais rien demandé, nous.

– Vous n'avez pas réclamé une naissance de cycle auprès du Centre des archives ?

– Il y a longtemps. Dans une vie passée, je me suis dit que je devrais tenter l'expérience de la maternité. Le temps que mon numéro soit appelé, ça m'avait passé.

– Si vous pouvez nous dire quoi que ce soit sur lui, cela pourrait lui sauver la vie. Vous rappelez-vous s'il commençait à être conscient de ses incarnations passées ? Ou de l'époque de son dernier cycle ?

– Il en a parlé, en effet, mais cela ne me revient pas. Quelque part en Europe, peut-être ? Désolée. Vous allez le retrouver, hein ? Avant qu'on ne le brûle comme cette pauvre fille ? Je m'y suis attachée, moi, à ce garçon. Avec tout le travail que nous avons, son père et moi, nous ne le voyons pas bien souvent. Mais tout de même, il nous manque.

TRENTE-SEPT

Le Centre des archives

C e soir-là, Deming parcourut de nouveau ses dossiers en s'intéressant particulièrement aux notes sur le message obscur que les *Venator* avaient trouvé dans la vidéo d'origine. Elle l'avait d'abord considéré comme une simple perturbation sans importance, mais elle n'était plus sûre de rien. Le directeur du Sanctuaire pensait avoir déchiffré le code : pour lui, les trois images – le *sigul* de Lucifer, le mouton qui représentait l'humanité et le symbole de l'union – indiquaient que l'Étoile du matin s'était liguée avec des sang rouge. Si c'était bien le cas, l'auteur de la vidéo et des enlèvements faisait partie de ce mouvement. Un humain au service des Croatan ? C'était tout simplement inouï, sans précédent, c'est pourquoi elle ne s'y était même pas arrêtée. Penser que cela pouvait être vrai déstabilisait la *Venator*, pourtant imperturbable d'habitude.

Avant l'aube, elle s'introduisit à Duchesne pour prendre dans son casier sa tortue de jade porte-bonheur : c'était une superstition idiote mais il n'était pas question qu'elle aille arpenter la mort sans. C'était sa jumelle qui leur avait acheté les petites figurines sur un marché de Hongkong, et Deming avait pris l'habitude de l'emporter partout où elle allait. Elle voulait juste entrer et sortir sans qu'on la remarque ni ne lui pose de questions. À cette heure matinale, le lycée était vide à l'exception des employés du ménage ; c'est pourquoi elle fut très étonnée de tomber sur Paul Rayburn, qui sortait de la bibliothèque du troisième étage avec un chariot de livres. Les casiers des premières étaient situés juste en face des portes de la bibliothèque.

– Paul, salut ! dit-elle.

– Ah tiens, bonjour, répondit-il.

Son *affectus* vira à l'orange, comme toujours quand il la voyait.

– Qu'est-ce que tu fais là ?

– Je travaille à la bibliothèque, lui expliqua-t-il en agitant un trousseau de clés. C'est mon job. J'essaie de terminer le travail avant les cours, c'est mieux que de rester tard le soir.

Il avait l'air fatigué et ensommeillé, et Deming était émue par les efforts que devait lui coûter sa scolarité à Duchesne. Ce ne devait pas être facile d'être pauvre au milieu de tant de richesse.

Elle éprouvait les tiraillements de désir auxquels elle commençait à être habituée en sa présence, mais son sourire timide provoquait aussi en elle une autre réaction, plus profonde que l'impulsion de boire son sang.

– Ce n'est même pas encore le matin, dit-elle en fourrant ses dossiers dans son sac.

Elle se rendit compte qu'elle avait un peu de peine, sachant qu'elle ne le reverrait sans doute plus jamais. Une fois qu'elle aurait retrouvé Stuart – et elle ne doutait pas qu'elle le retrouverait –, sa mission serait accomplie et elle quitterait le pays.

C'était dommage, car elle éprouvait quelque chose pour Paul, un mélange bizarre de désir et d'affection qu'elle ne comprenait pas entièrement. Et c'était effrayant, car jusqu'à présent sa vie n'avait été qu'ordre et discipline. Ses sentiments pour lui étaient une distraction : ils ne feraient qu'obscurcir son jugement, si ce n'était déjà fait. Les meilleurs *Venator* étaient dénués d'émotions, et Deming voulait être la meilleure de tous.

– Bah, fit-il en haussant les épaules, j'ai l'habitude. Et toi, que fais-tu là si tôt ?

– Pour tout t'avouer, je n'arrivais pas à dormir.

– On pourrait se retrouver plus tard ? Quand on sera tous les deux réveillés ?

Elle allait secouer négativement la tête, mais elle se dit qu'au lieu de fuir ses sentiments, elle devrait peut-être voir où cela la mènerait pour s'en débarrasser ensuite entièrement.

– Ce serait bien. À la même heure demain ? Un petit déjeuner aux aurores ?

Paul lui décocha un sourire éblouissant qui lui fit momentanément oublier que si elle lui avait donné rendez-vous, c'était précisément afin d'étouffer dans l'œuf toutes les idées romantiques qu'il pouvait se faire sur eux deux.

Après son départ, elle se rendit compte qu'elle avait complètement oublié de l'interroger sur ce qu'il lui avait dit à propos de Victoria, Bryce et Piper. Elle voulait pourtant savoir d'où il tenait cette fausse information.

Le Centre des archives était situé au QG en ville, dans une aile du Sanctuaire dont l'accès était strictement contrôlé. Les clercs regardèrent d'un œil torve la *Venator* toute vêtue de noir leur tendre une liasse de papiers jaunissants.

– La Régente a signé le mandat ?

– Je l'ai ici, dit Deming en leur montrant le certificat qui portait la signature fleurie de Mimi.

La Régente avait accepté d'ouvrir le dossier exceptionnellement pour l'occasion.

– Ce sont des informations qui ne doivent pas tomber sous les yeux de tout le monde, grommela l'employé affligé d'un strabisme.

– Je comprends bien. C'est pour cela que j'ai un mandat, répondit patiemment Deming.

– Prenez le quatrième box.

– Merci.

Deming s'installa à son bureau et se mit à feuilleter les registres de naissance de Victoria Taylor et de Stuart Rhodes. Fouiller les cycles passés d'un immortel était strictement interdit dans l'Assemblée. Le Code des vampires exigeait que chaque individu retrouve par lui-même la connaissance de ses vies antérieures, par la Manifestation de sang, pas en allant lire des dossiers dans une bibliothèque. Lawrence Van Alen avait joué un rôle capital en soutenant que l'identité venait de l'intérieur, et que même si l'on avait vécu une vie immortelle, diligemment enregistrée par des scribes depuis la nuit des temps, c'était toujours un devoir de découvrir son destin par soi-même au lieu de recevoir son passé sur des feuilles tapées à la machine.

Voilà qui était intéressant. Victoria Taylor et Stuart Rhodes avaient passé leur seul autre cycle répertorié au même endroit et à la même époque. Donc, même s'ils ne se connaissaient pas au temps présent, il y avait une forte possibilité pour qu'ils se soient connus dans le passé. Cela ne pouvait pas être une coïncidence.

Quoi qu'il en soit, une fois dans le *Glom*, elle trouverait Stuart, appréhenderait ses ravisseurs, et elle aurait enfin ses réponses.

Deming sortit du Sanctuaire la tête basse. Les frères Lennox devaient la retrouver au QG des *Venator* dans une heure, et elle aurait peu de temps pour se préparer avant leur arrivée. Elle dressa une liste mentale de tout ce qu'elle avait à faire ; il faudrait qu'elle pense à porter quelque chose de chaud. La dernière fois qu'elle s'était réveillée de cette procédure, elle grelottait de froid.

Elle allait appeler sa jumelle. Elle avait envie d'entendre la voix de Dehua, et pas seulement dans le *Glom*. Encore une superstition, comme la tortue verte qu'elle tenait à la main. À part cela, il n'y avait rien d'autre ; elle était prête à pénétrer dans la vallée des ombres.

Alors qu'elle attendait au feu rouge, elle reconnut une voiture garée de l'autre côté de la rue. Celle qui l'avait ramenée chez elle le samedi soir. Paul était au volant. Elle allait lui faire signe lorsqu'elle vit qu'il n'était pas seul. Il y avait une fille avec lui.

Cette fille qui descendait de voiture lui disait nettement quelque chose.

Alors, Deming comprit.

C'était Victoria Taylor.

Trente-huit

Confessions

Pendant quelques secondes, Deming fut trop abasourdie pour faire un geste. Mais elle se ressaisit rapidement : en un éclair, non seulement elle était dans la voiture de Paul, mais elle avait une main sur le volant.

– Gare-toi.

Paul sursauta. Il avait l'air terrifié de la voir surgir ainsi de nulle part.

– Comment as-tu... demanda-t-il en évitant de justesse un taxi qui arrivait à toute allure.

Deming tourna le volant vers le trottoir, et la voiture s'arrêta brutalement.

– Cette fille avec qui tu étais. Qui est-ce ?

Deming n'avait plus de temps à perdre avec des mensonges et des absurdités. Elle voulait la vérité. Tout de suite. Elle avait le choix entre suivre la fille et mettre Paul au pied du mur. Elle choisit d'entendre la vérité de sa bouche.

– Quelle fille ?

– Celle qui vient de sortir de ta voiture. Victoria Taylor.

C'était Victoria, elle en était certaine. Deming avait

observé ses photos un grand nombre de fois et avait mémorisé le visage de la jeune fille. Elle aurait reconnu Victoria n'importe où.

Paul eut un rire incrédule.

– Victoria ? Je la croyais en Suisse, ou je ne sais où...

– Tu mens. Tu me mens depuis le début, dit-elle doucement.

Elle n'avait pas besoin de le questionner pour le savoir.

– Toute cette histoire entre Piper, Bryce et Victoria, c'était un vaste bobard.

Paul s'appuya contre le volant.

– Bon, d'accord, je t'ai menti à ce sujet. Mais si tu veux que je joue franc jeu, tu vas devoir faire de même.

Deming, perplexe, haussa les sourcils.

– Je ne te suis pas.

– Je sais ce que tu es. Inutile de me cacher ton secret. Je sais que tu es des leurs.

– Qui ça ?

Il la regarda au fond des yeux.

– Je sais que le Comité n'est qu'une couverture. Qu'il y a des gens dans le monde qui ne meurent pas, qui reviennent tous les cent ans.

– Tu délires. Je ne vois absolument pas de quoi tu parles.

Seigneur, avaient-ils été si négligents ? Comment cet humain pouvait-il connaître leurs secrets ? Si ce n'était pas une faille dans la sécurité, ça... Paul n'était ni Intermédiaire ni familier. Comment avait-il su ?

Le garçon s'éclaircit la gorge et regarda par la vitre, puis répondit comme s'il avait entendu sa question.

– Je vais à Duchesne depuis deux ans. J'ai vu des choses. J'ai entendu des choses. Les types comme Bryce Cutting ne sont pas très discrets. Je sais que la plupart des élèves sont aveugles, mais pas moi. Je sais ce que tu es. Et ça me va.

Deming secoua la tête.

– Je ne sais pas de quoi tu parles, soutint-elle d'un ton égal. Ce que je veux savoir, en revanche, c'est pourquoi Victoria Taylor était dans ta voiture à l'instant.

– Alors on est dans une impasse, répondit aimablement Paul. Tu voudrais que je te parle franchement, mais tu n'as pas la courtoisie de le faire avec moi.

Soudain, Deming se souvint des paroles de la vidéo. « Les vampires existent. Ouvrez les yeux. Ils sont parmi nous. Ne croyez pas à leurs mensonges. » Puis les paroles de Paul lui revinrent en mémoire : « Des gens qui ignorent mon existence. C'est dégradant. » Elle avait pris cette attitude pour un banal ressentiment envers la bande des branchés, mais c'était davantage que cela. Il avait la clé du lycée, et Victoria avait été cachée au grenier. Puis, avec un coup au cœur, elle comprit que deux choses la dérangeaient depuis qu'elle avait appris la nouvelle du kidnapping de Stuart Rhodes. La première : à la fête de Rufus, Stuart était avec Paul Rayburn. Ils étaient amis. Deux, c'était une soirée dégustation. Les seuls humains invités étaient les familiers et ceux qui allaient le devenir. Et pourtant, Paul Rayburn était parti sans avoir été choisi. Pas de trace de morsure. Ce n'était pas censé arriver. Les règles du Comité interdisaient ce genre de choses. Paul en avait trop vu... il aurait dû être marqué.

Deming eut une autre révélation. La fête de Jaime Kip aussi était très fermée : exclusivement réservée aux vampires et aux Intermédiaires, aux familiers et aux futurs familiers. Evan Howe était un garçon ordinaire en y entrant, et il était le familier de Victoria Taylor en repartant. Deming aurait pu parier que Paul Rayburn était également présent à cette soirée – et qui savait à combien d'autres ? – et qu'il en était reparti inchangé. Non choisi. Voilà un humain qui n'éprouvait aucune loyauté envers les vampires, et qui pourtant avait accès à leurs secrets.

En regardant au fond de ses yeux bleu vif, elle vit enfin le souvenir qui lui manquait jusqu'à présent. Le soir de la fête de Jaime, Victoria s'était disputée avec Piper avant de partir comme une furie. Mais dans l'entrée, Paul avait surgi de l'ombre, lui avait couvert la tête d'un sac noir et l'avait de nouveau traînée à l'intérieur. Il avait attendu le changement de Sentinelles, à l'aube, pour s'éclipser avec son otage. Ainsi, personne ne les avait vus. Pas de traces. Pas de témoins.

Deming était horrifiée par sa découverte. Paul comptait pour elle. En tombant sur lui ce matin-là, elle avait su que c'était plus qu'un simple désir de sang. Elle ressentait pour lui quelque chose qu'elle n'avait jamais connu en plusieurs siècles d'existence. De l'attraction. De l'affection. Du respect. De l'admiration. De l'amour ? Peut-être. Cela aurait pu être. Mais désormais, ils ne le sauraient jamais.

– Pourquoi, Paul ?

Il sourit.

– Il y avait longtemps que je me doutais de quelque chose, mais je voulais être certain. Surtout quand mon pote Stuart a été invité à faire partie d'un « Comité » et pas moi. C'était absurde qu'il soit accepté et moi non. Alors, un après-midi, je me suis caché dans la bibliothèque pendant une de leurs réunions, et j'ai tout vu, tout entendu. J'ai questionné Stuart, je lui ai dit que je savais, que j'avais des enregistrements vidéo, que j'allais les mettre sur Internet pour que tout le monde sache la vérité. Le monde entier devrait savoir ce que vous êtes. Vous dirigez tout, et personne n'est au courant ! Ce n'est pas juste. Vous n'êtes pas des dieux.

– Non, en effet, reconnut Deming d'une voix douce en pensant à l'ancienne bataille au paradis. Nous ne sommes pas des dieux.

Ils l'avaient appris de la plus dure manière qui fût.

– Pourquoi tu me regardes comme ça ? Tu penses que j'ai fait quelque chose de mal ? Pas du tout. C'est Victoria qui a eu l'idée de jouer les otages. Tu crois qu'un humain aurait pu manipuler un vampire ? En tout cas, j'ai dit à Stuart ce que j'allais faire, et il le lui a répété. Elle est venue me voir pour me demander de ne pas télécharger la vidéo tout de suite. Elle avait une meilleure idée. Elle m'a révélé que Stuart et elle s'aimaient et qu'ils voulaient quitter l'Assemblée parce qu'ils n'avaient pas le droit d'être ensemble.

» Ils étaient « liés » à d'autres. Mais si ces autres apprenaient la vérité, Stuart et Victoria seraient brûlés vifs. Ils redoutaient la... comment l'appelez-vous, déjà ? La Régente ? Ils parlaient de Jack Force, disaient que le châtiment qui l'attendait leur arriverait aussi s'ils étaient découverts. C'est alors que Victoria a eu cette idée d'enlèvement. Elle disait que s'ils se faisaient passer pour morts, personne ne viendrait les chercher. Elle disait qu'elle savait comment berner même les *Venator*.

» Elle m'a donné des instructions détaillées. C'était le facteur temps qui l'inquiétait le plus. Elle disait qu'ils étaient surveillés en permanence.

Deming hocha la tête. Comment Paul aurait-il pu connaître l'existence des Sentinelles, autrement ? Elle n'avait pas trop fait attention à son *affectus* auparavant, lorsqu'il lui avait raconté ce mensonge sur Victoria et Piper, mais à présent elle était attentive. Tout ce qu'elle lisait indiquait qu'il disait la vérité.

– Je sais que tu n'as aucune raison de me croire. J'ai entendu parler de toi. Par Stuart. Son père siège au Conclave. Tu es un genre de super-détective vampire, quelque chose comme ça.

– Qu'est-ce qu'il t'a raconté d'autre ?

– Que Victoria l'attend. Tu comprends, elle est à New York depuis le début. Ils comptaient rejoindre l'Assemblée européenne. Demain, tout le monde devait croire Stuart mort, et ils auraient été libres de partir.

Alors si tout ce qu'il lui disait était vrai, et son *affectus* semblait le prouver – plus le fait que Victoria, une vampire, n'aurait jamais été soumise par un humain contre sa volonté –, tout cela n'était qu'un coup monté, une farce ridicule élaborée par des vampires amoureux à mauvais escient qui voulaient quitter l'Assemblée, et par un humain qui voulait sa part d'un grand secret. Peut-être le plus grand de tous.

– Écoute, je sais ce que tu penses : tu veux effacer ma mémoire, quelque chose comme ça, pas vrai ? Stuart et Victoria aussi ont voulu le faire, mais j'ai réussi à les en dissuader. Je t'en prie, ne fais pas ça.

Deming jouait avec les baguettes qui retenaient ses cheveux.

– Non, un effacement de mémoire ne suffirait pas. Tu en sais trop. Si je le faisais, tu risquerais... des séquelles cérébrales.

Paul jeta un regard à la portière fermée.

– Alors tu vas faire l'autre chose. Mais il y a peut-être une troisième solution. Je ne veux pas ça. Je pourrais devenir un de ces humains... comment les appelez-vous ? Des Intermédiaires, je crois.

– On ne devient pas Intermédiaire, on l'est de naissance. Il n'y a pas de poste à pourvoir. L'Assemblée ne le permettrait jamais. Je suis désolée. Il n'y a qu'une issue possible.

Elle savait ce qu'elle devait faire. Une chose qui aurait dû être faite depuis longtemps. C'était peut-être pour cela qu'il l'attirait tant : parce qu'elle savait que cela finirait ainsi.

– Non, dit Paul en lui tenant la main. Ne me rabaisse pas par rapport à toi. Traite-moi en égal, comme tu l'as toujours fait. Je ne suis qu'un humain, mais c'est notre sang qui vous permet de vivre. Sans nous, vous n'êtes rien.

Il posa une main douce sur sa joue.

– Retrouve-moi sur mon terrain. Partage-toi avec moi en tant que *personne*. Je connais le Baiser sacré. Je sais ce que cela fait. Ce que cela me fera.

Son *affectus* avait des pulsations bleues comme le vaste océan ou le ciel infini. Le bleu était la couleur de la vérité. Il l'aimait. C'était pour cela qu'elle avait senti son cœur se serrer en apercevant Victoria Taylor dans sa voiture. Elle lui faisait confiance et il lui avait menti. Mais il ne l'avait fait que pour protéger ses amis. Il était tellement adorable qu'elle en aurait pleuré. Deming lui toucha le cou et murmura :

– Moi aussi, je t'aime.

TRENTE-NEUF

Le manipulateur

Comme l'avait dit Paul, ce n'était qu'un vaste coup monté. Cette nuit-là, l'équipe des *Venator* envahit sa petite chambre. Sam fouillait la mémoire du *Glom* tandis que Ted et un technicien travaillaient sur l'ordinateur.

– Regardez-moi ça, dit Ted en montrant l'écran.

Deming se pencha par-dessus son épaule pour lire l'e-mail. Il venait de Victoria Taylor.

Paul, merci pour tout. L'Assemblée européenne est d'accord pour nous recueillir. J'ai hâte de retrouver Stuart. Tu es un véritable ami. Victoria.

Tout avait été mis sur pied aussi méticuleusement qu'une petite production théâtrale. Victoria s'était procuré un cadavre à la morgue. C'était le corps qui avait brûlé à Newport. Il y avait des dizaines et des dizaines d'e-mails entre Stuart et Victoria. Ceux-ci prévoyaient de quitter le pays le jour de la prétendue mise à mort de Stuart. Toute l'histoire était un canular, un plan d'évasion déguisé en conspiration.

Heureusement, tout se terminait bien. Aucun vampire n'avait été blessé. Tout le monde croyait que *Suçons* était un film. Les sang-rouge ne comprenaient toujours rien à rien.

– Vous allez chercher Victoria et Stuart ? leur demanda Deming.

– D'après ces courriels, ils ont rendez-vous à l'aéroport JFK dans une heure, répondit Ted. On y sera.

– Et le grenier ?

– Vu. Il y avait ses empreintes partout sur l'ordinateur, et des fibres venues du coffre de la voiture qui portaient l'ADN de Stuart.

Deming se rendit compte que Stuart était sans doute dans le coffre la nuit où ils étaient partis de la fête de Rufus King. C'était donc pour cela que Paul avait eu l'air aussi nerveux lorsqu'elle lui avait demandé de l'emmener.

Sam Lennox sortit du *Glom*.

– Rien de ce côté-là, à part de l'ennui et de la solitude, conclut-il. Aucun signe de violence ni d'agitation. Il faut croire que le gamin dit la vérité.

C'était bien ce qu'elle pensait. Deming se rongeait les ongles. Contrairement à la fable que Paul lui avait racontée sur Piper, cette fois tout était tel qu'il l'avait décrit.

Deming était soulagée. Elle avait trouvé la vérité, cette fois. Vraiment ? Un doute continuait à la tirailler. Tout était un peu trop parfait, un peu trop simple... Était-ce parce que c'était la vérité, ou parce que Paul avait encore échafaudé un mensonge élaboré ? Elle n'aurait su le dire. Il ne fallait rien négliger.

– C'est trop facile, marmonna-t-elle.

– À quoi penses-tu ? lui demanda Sam.

– Dites, vous avez bien gardé les cendres du bûcher, n'est-ce pas ? Faites vérifier le lignage. Confirmez-moi juste que ce n'est pas Victoria.

– C'est comme si c'était fait.

Ted hocha la tête et appela l'équipe de *Venator* restée au Sanctuaire pour leur commander le test.

– Et gardez une équipe sur Rayburn, ordonna Deming. Il ne tardera pas à se réveiller. Quand vous en aurez terminé ici, retrouvez-moi sur Bleecker Street. Je veux revoir ces sorts de masquage. M'assurer que tout est en ordre.

Quarante

Mortelle randonnée

Lorsqu'elle retrouva les frères Lennox au QG des *Venator*, il lui suffit d'un regard sur leurs traits tirés pour comprendre tout ce qu'elle devait savoir. Sam s'enfonça dans le vieux fauteuil le plus proche.

– Tu avais raison. Le lignage sanguin ne ment pas. Victoria Taylor est morte. Elle est morte depuis des semaines.

– Et nous avons vérifié les registres des liens, ajouta Ted. Victoria n'avait pas d'âme sœur dans ce cycle. Stuart non plus. Ils étaient libres. Du moins pour cette vie. Mais de toute manière, ils n'étaient pas ensemble, ils ne l'ont jamais été. Tout était faux. Tous les e-mails étaient des faux.

Deming garda son calme, mais ses mains tremblaient.

– Stuart Rhodes ?

Sam secoua la tête.

– La seule chose que nous ayons trouvée à l'aéroport, c'est une urne pleine de cendres. Le labo les analyse en ce moment, mais quelque chose me dit que c'est bien Stuart. Apparemment, le corps est mort depuis trois jours. La vidéo aussi était un faux. Depuis le début, il n'y avait pas moyen de le sauver.

– Où est Paul ?

S'il était possible d'avoir l'air plus navré encore, Ted Lennox y parvint.

– L'équipe a perdu sa trace il y a quelques heures. Il s'est évanoui dans la nature, on ne sait pas comment. On ignore qui est ce type, mais ce qui est sûr, c'est qu'il est dangereux. Il ne fait pas partie des nôtres et il a déjà tué deux vampires. Il est capable de faire apparaître un *doppelgänger*, un mirage. Ça, c'est de la vraie magie noire.

Les *Venator* n'avaient trouvé dans la mémoire du *Glom* aucune trace de la fille aperçue dans la voiture de Paul, ce qui signifiait qu'elle n'avait jamais existé.

– Et d'après ce que tu dis, il sait manipuler son *affectus*. Sois prudente, surtout, l'avertit Sam. Tu es sûre qu'on ne peut pas te faire changer d'avis ?

– Non. Il faut que je le fasse, dit Deming.

Que lui avait dit Paul ? « J'ai entendu parler de toi, je savais que tu viendrais. » Il avait pu se préparer. Il savait tout d'elle. Il savait qu'elle se reposait sur son talent, sur sa facilité à comprendre ce qui était si difficile à lire pour les autres *Venator*. Il savait qu'elle en tirait une certaine fierté, voire de l'arrogance. Il avait trouvé comment retourner son talent contre elle-même.

C'était compter sans sa capacité à apprendre de ses erreurs. Elle s'était peut-être fait avoir une fois, mais il se trompait s'il s'attendait à ce qu'elle retombe dans le piège de l'amour.

– Bon. Même s'il a disparu de ce côté-ci, nous le retrouverons dans le *Glom*. J'y vais. Nous avons une mortelle randonnée à faire.

Chaque vampire voyait le *Glom* différemment. Pour Deming, le monde du crépuscule se manifestait comme une esplanade déserte au milieu de la Cité interdite, à Pékin. Il y avait des années qu'elle n'avait pas vu la Cité interdite sous cet aspect. De nos jours, ce lieu était tellement envahi par les touristes qu'on avait du mal à embrasser l'étendue de sa splendeur. Mais dans le *Glom*, l'antique cité close était vide et silencieuse.

Elle passa devant la maison des gardes, traversa la cour extérieure, gagna la cour intérieure, emprunta l'allée impériale, un chemin réservé exclusivement à l'empereur, et se retrouva sur les marches du pavillon de la Culture de l'Esprit, ce qui signifiait qu'elle était profondément enfoncée dans le protoconscient. Dans le monde physique, son cœur cessa de battre. Elle franchit la frontière entre les mondes, creva la fine membrane qui séparait les vivants des morts.

Paul l'attendait sur les marches du pavillon le plus éloigné. Dans le *Glom*, son âme était encore plus belle que ses yeux. Il lui sourit tristement.

– Je savais que tu me trouverais.

Deming s'approcha de lui. Ses ailes lui battaient dans le dos. Elle pouvait choisir d'apparaître sous n'importe quelle apparence, et elle vint à lui en ange de Miséricorde.

– Pourquoi les as-tu tués ?

– C'est une longue histoire, dit-il en posant les mains contre ses joues.

– Est-ce qu'elle commence à Florence ? Au XVe siècle ?

Les traits de Paul s'illuminèrent.

– Mais oui. Tu étais sur le point de trouver, n'est-ce pas ?

– Tu as vu les dossiers du Sanctuaire dans mon sac. Tu savais que je trouverais. C'est pour cela que tu as invoqué l'illusion de cet après-midi. La fille, dans ta voiture, qui était censée être Victoria.

– M-mm.

– Alors, dis-moi, que s'est-il passé à Florence ?

– C'est simple, en fait. Stuart et Victoria faisaient partie d'une secte. On les appelait les Pétruviens. Un groupe tout à fait terrifiant. Des bouchers. Des assassins. Les pires meurtriers qui soient. Ils tuaient au nom de la paix, au nom de la justice, au nom de Dieu. Ils ont tué ma mère.

– Ils devaient avoir une bonne raison de le faire, protesta Deming. Le Code des vampires n'aurait jamais permis...

– Le Code des vampires ne protège pas les innocents ! la coupa Paul. Le Code ne sert qu'à protéger les vampires. Rien d'autre ne compte.

– Tu te trompes. Le Code a été créé pour protéger l'humanité. Depuis toujours.

Alors, Deming comprit : le symbole de l'union, dans la vidéo. Des sang-d'argent s'étaient accouplés avec des femmes humaines. Paul Rayburn était né d'un démon. C'était un Nephilim. Un bâtard de Croatan et de sang-rouge.

– Tu ne devrais pas exister, dit-elle. Les vampires n'ont pas reçu la capacité de donner la vie.

Même la fille d'Allegra était considérée comme une Abomination par certains membres de la communauté. Personne ne savait comment Theodora était venue au monde.

– Et pourtant, si. Et je ne suis pas le seul. Prenez garde, vampires. Car vous n'êtes pas les seuls orphelins du Tout-Puissant sur cette terre.

Paul leva le bras et Deming vit qu'il était armé d'un *zhanma-dao*, un sabre tenu à deux mains qui étincelait du feu de l'enfer.

– Je suis désolé, car je ne t'ai pas menti sur mon amour, ma douce *Venator*. Mais je ne peux pas te laisser vivre. La Maîtresse gardera ses secrets.

Deming retira les baguettes de ses cheveux et brandit la longue lame effilée de la Tueuse par Miséricorde.

– Moi aussi, je suis désolée. Mon amour pour toi était réel.

Le garçon-démon sourit.

– Oui, tu as fait de moi ton familier. Hélas, la *Caerimonia* t'empêche de me faire du mal. Mon sang est le tien.

Il avait raison, bien sûr. Le Baiser sacré implantait dans les vampires qui s'y livraient une loyauté telle qu'un sang-bleu ne serait jamais capable de faire délibérément du mal à un familier après la première morsure. Le plus grand danger était de saigner un humain jusqu'à consomption complète, à cause du désir de sang. Une fois le Baiser sacré scellé, l'humain n'avait plus rien à craindre de son vampire.

Deming contemplait Paul. Son col de chemise était ouvert, et elle vit de nouveau le triglyphe : dans son cou, les symboles de la vidéo d'origine. L'épée qui perçait une étoile : la marque de Lucifer. Le signe de l'union. Enfin, l'image de l'agneau.

Elle l'avait vu pour la première fois quand elle l'avait pris dans ses bras et percé de ses crocs. Elle l'avait choisi ; elle l'avait fait sien. Elle l'avait fait par amour et par devoir. Il lui avait demandé de ne pas le faire – mais c'était uniquement pour renforcer sa résolution.

– Il n'y a qu'un problème avec cette règle, dit Deming en levant son épée. Tu n'es pas humain.

C'était donc pour cela que son sang avait eu une saveur si étrange. Son amertume, son goût de charbon, venait du monde des Ténèbres.

Paul tenta de parer son coup, mais l'épée de Deming brisa la sienne en deux. Il étouffa un cri et tomba à genoux. Pour la première fois, il eut l'air effrayé.

– Pense à ton amour pour moi, l'implora-t-il.

Deming posa sur lui un regard implacable.

– C'est ce que je fais, répondit-elle.

Et de toutes ses forces, elle lui plongea son épée dans le cœur.

La Maîtresse

Florence, 1452

Le point le plus élevé de Florence était le dôme inachevé, et une fois de plus, Tomi et Gio en escaladèrent la maçonnerie jusqu'au sommet.

– Il n'y a rien ici, constata Gio avec dépit.

Tomi fit encore une fois le tour du rebord. Elle leva les yeux vers le ciel nocturne à travers le toit ouvert. Puis elle s'agenouilla pour cogner contre le sol de pierre. Il sonnait creux. Le sommet du dôme n'était peut-être pas terminé, mais le sol en dessous était bien achevé.

– En bas des marches, dit Tomi. Suis-moi.

Le palier intermédiaire formait un couloir vide, mais ils y trouvèrent une porte dérobée. Tomi la poussa et elle s'ouvrit.

À l'intérieur, il y avait une femme. Une des plus grandes beautés de Florence : les artistes les plus renommés avaient peint son portrait, et tous étaient amoureux d'elle.

– Simonetta ! s'exclama Tomi.

Simonetta Vespucci était mariée à un aristocrate du cercle des Médicis. D'après la rumeur, elle n'était autre que la maîtresse bien-aimée du grand Laurent de Médicis. On ne l'avait pas vue en ville depuis un moment, et Tomi comprenait à présent pourquoi.

– N'approchez pas ! s'écria-t-elle en protégeant son ventre rond.

Elle était enceinte de neuf mois.

Son geste révéla aux yeux de Tomi une marque sur son bras. C'était la même que celle de l'homme de la citadelle.

Simonetta n'était pas la maîtresse d'un Médicis.

– Qui est ton amant ? lui demanda Gio sans ménagement. Qui est le père de ton enfant ?

Tomi comprit ce qu'il lui demandait en réalité : sous quelle identité le prince des Ténèbres arpentait-il de nouveau la terre ? L'Étoile du matin était de retour, c'était clair. Mais sous quelle forme ?

La réponse de Simonetta n'étonna pas Tomi.

La femme venait de nommer Andreas comme père de l'enfant à naître.

QUATRIÈME PARTIE

BIFURCATIONS

Quarante et un

L'Ordre pétruvien (Theodora)

Theodora trouva à Maria Elena une petite chambre dans l'angle nord-ouest de Santa Maria del Fiore, dans un discret bâtiment de service qui abritait l'Ordre pétruvien au sein du complexe de la basilique. Ils étaient arrivés à Florence depuis quelques heures. Quand Theodora l'avait libéré de sa compulsion, Ghedi avait insisté pour qu'ils emmènent la fille auprès des prêtres.

C'était un soulagement de retrouver la civilisation. La vue des rues italiennes animées, de la place pleine de touristes, l'avait revigorée.

Jack et elle estimaient qu'il restait très peu de Pétruviens. Ils n'avaient compté qu'une poignée de prêtres en arrivant. Ceux-ci les avaient logés dans une chambre à côté de celle de Maria Elena, où ils attendaient que les hommes d'Église soient prêts à les recevoir.

Un coup fut frappé à la porte et un autre jeune prêtre africain pénétra dans la chambre.

– Vous êtes attendus. Venez avec moi, je vous prie.

Ils les guida dans des couloirs obscurs, jusqu'à une pièce

toute simple. En contraste avec la splendeur du complexe, elle n'était pas ornée et n'était meublée que d'une table et de quelques chaises. Ghedi et deux prêtres plus âgés s'y trouvaient déjà.

Theodora et Jack s'assirent face à eux.

– Je suis le père Arnoldi. Je crois comprendre que vous avez empêché le père Awale de se livrer au rite de purification.

– De purification ! Il allait la tuer ! protesta Theodora. Expliquez-moi comment le meurtre peut faire partie de votre travail.

– Quand l'ordre a été fondé par le père Linardi, nous avons reçu deux directives des Bienheureux, et l'une était de poursuivre la purge des enfants de la Maîtresse.

– La Maîtresse ? répéta Jack.

Le prêtre acquiesça.

– La première fiancée humaine de Lucifer. Il est dit qu'il lui a offert le don de vie éternelle, mais qu'elle fut détruite par les premiers Pétruviens.

– Qui sont les Bienheureux ? s'enquit Theodora.

– Les vampires, comme vous-mêmes. Nos fondateurs.

– Vous êtes en train de me dire que des sang-bleu ont approuvé le fait de tuer des humains ? Des femmes innocentes ? s'agita Theodora.

– Ces humains étaient marqués par le triglyphe, expliqua le prêtre en baissant la tête. Ils abritaient les Nephilim. Depuis des siècles, nous poursuivons notre mission. Nous gardons la porte. Nous pourchassons les contaminés.

– La porte est un mensonge. La gueule de l'enfer n'est qu'un écran de fumée. Il n'y a pas de porte ici, déclara Theodora.

Les prêtres se dérobèrent.

– C'est un lieu sacré... C'est impossible.

– Et pourtant, répondit Theodora. Nous y sommes allés.

Le père Arnoldi lança un regard sévère à Ghedi.

– Vous avez franchi la porte. Ce n'est pas permis.

Comme l'avait deviné Jack, les gardiens humains de la porte avaient reçu l'ordre de se tenir à distance du site.

Ghedi baissa la tête.

– Il le fallait. La fille était là-bas.

– On nous y a envoyés, expliqua Jack. Le ravisseur de Maria Elena... Il voulait que nous sachions que la porte était fausse. Il se moque de nous.

– Ghedi nous a dit que le père Baldessare avait des inquiétudes... enchaîna Theodora.

Les prêtres remuèrent dans leurs sièges d'un air mal à l'aise.

– Il y a eu trop de pertes ces derniers temps. Une par an, deux au maximum, c'était la moyenne. Mais à présent, nous recevons trop de rapports, et chaque fois c'est pareil. Les filles sont enlevées, et quand nous les retrouvons, elles portent la marque.

– Vous ne tuerez pas Maria Elena, les avertit Theodora.

Le vieux prêtre la regarda d'un air menaçant.

– Elle porte en elle un dangereux ennemi. Il vaut mieux qu'elle meure.

Theodora comprit une chose. Quand ils avaient demandé à Ghedi d'expliquer son lien avec Lawrence, il leur avait raconté l'histoire de la mort de sa mère.

– Ghedi, ta mère... Elle a été enlevée...

Il confirma de la tête.

– Oui. Elle portait la marque. Brûlée dans sa peau. Et son ventre s'est arrondi. Elle s'est mise à avoir des visions, des tremblements. Elle parlait de l'enfer.

– Tu nous as dit qu'elle était morte en couches, et que les prêtres t'avaient recueilli en tant qu'orphelin. Mais ce sont les Pétruviens qui l'ont tuée, n'est-ce pas ? Et ensuite, ils t'ont emmené avec eux.

Ghedi ne nia point.

– Pourtant, tu ne les hais pas, s'étonna-t-elle.

– Ma mère était damnée, Theodora. Et l'enfant ne pouvait pas vivre. Pas dans ce monde.

– Nous ne vous laisserons pas faire de mal à Maria Elena, répéta Theodora. Il doit exister un moyen de la guérir.

Comme la conversation tournait en rond, la séance fut levée. De retour dans leur chambre, Theodora fouilla dans les notes de Lawrence.

– Je crois avoir trouvé un lien entre le père Linardi, le premier Pétruvien, et Catherine de Sienne. (Elle brandit une liasse de feuilles.) Je pensais que c'était sans importance, mais je me trompais. Jack, ce sont des lettres d'amour. Benedictus Linardi était le familier humain de Catherine. C'est elle qui lui a ordonné de garder la fausse porte. Donc, la vraie porte est encore quelque part par ici.

Theodora agitait les papiers avec excitation.

– Catherine de Sienne – c'est-à-dire Alcyon, d'après les recherches de Lawrence – gardait la vraie porte, et elle a utilisé les Pétruviens comme leurre.

– Mais les Croatan savent que cette porte est fausse. S'ils enlèvent des femmes, cela signifie que la vraie porte, où qu'elle soit, a été compromise d'une manière ou d'une autre, pointa Jack.

284

– Mais si c'était le cas, tout le pays ne serait-il pas déjà envahi par les démons ?

– Pas tout à fait. Qu'a dit Ghedi ? Les ravisseurs qui ont enlevé sa mère – comme les trafiquants qui ont enlevé Maria Elena – étaient des humains. La force de Michel confine encore les démons dans le monde des Ténèbres.

– Mais elle n'empêche pas les humains d'y entrer, poursuivit Theodora avec un hochement de tête. Ils emmènent les filles en enfer, pour que Lucifer les féconde. C'est pour ça que je n'ai pas pu trouver Maria Elena dans le *Glom*.

– Il faut retrouver Catherine. Lui dire ce qui se passe. Toute cette histoire doit être une erreur. Les sang-bleu ne peuvent pas avoir autorisé cela... Michel et Gabrielle n'auraient jamais... Quelque chose a mal tourné, gravement, là.

– Nous retrouverons Catherine, annonça Theodora d'un ton résolu. J'ai le sentiment qu'elle n'est pas loin. Lawrence pensait qu'elle pouvait se trouver à Alexandrie. Il comptait y aller, mais il voulait voir le père Baldessare d'abord.

Elle rangea les papiers de son grand-père. Quand elle releva la tête, Jack avait les yeux brillants.

Qu'est-ce qui ne va pas, mon chéri ? lui demanda-t-elle en allant lui prendre la main. *Nous sommes en sûreté. Nous combattrons cette horreur.*

– Je ne peux pas aller avec toi en Égypte, dit Jack en lui pressant la main.

– Comment ça ?

– D'autres chasseurs de primes viendront me chercher. Nous avons eu de la chance pour cette fois, mais je ne peux pas te mettre encore en danger. Il faut que je retourne affronter Mimi.

Theodora garda le silence, et serra sa main encore plus fort.

– C'est la seule chose à faire, mon amour, insista Jack. Si nous voulons être libres tous les deux, je dois me soumettre à l'épreuve du sang. Je ne pourrais plus jamais me regarder en face s'il t'arrivait malheur à cause de moi.

Theodora tremblait.

– Tu brûleras sur le bûcher, dit-elle tout bas.

– Tu as si peu de foi en moi ?

– J'irai avec toi.

En prononçant ces mots, elle savait qu'ils étaient faux. Elle devait achever la tâche de son grand-père. Elle devait perpétuer son héritage. Des femmes et des enfants innocents se faisaient massacrer au nom des Bienheureux.

– Non. Tu sais qu'il ne faut pas, répondit Jack.

Tu disais que nous ne serions plus jamais séparés, jamais.

Et nous ne le serons jamais. Jamais. Il existe un moyen d'être ensemble pour toujours.

Jack se laissa tomber à genoux et leva la tête vers elle avec un amour infini.

– Tu veux bien ?

Theodora le hissa sur ses pieds. Elle était à la fois en extase et dévastée.

– Oui. Oui. Bien sûr. Oui.

C'était décidé. Theodora chercherait Catherine de Sienne et la véritable porte de la Promesse, pendant que Jack rentrerait à New York se battre pour sa liberté. Mais avant que chacun aille son chemin, ils scelleraient leur lien.

QUARANTE-DEUX

La route de l'enfer (Mimi)

Mimi Force leva la tête vers le scribe du Sanctuaire qui était assis devant elle.

– Les *Venator* ont maté la révolte. Il n'y aura pas de dissolution. Jusqu'à présent, l'Assemblée tient encore.

– J'ai entendu cela. Félicitations.

– Ils resteront solidaires et me seront fidèles pour le moment. (Mimi pinça les lèvres.) Du moins s'ils savent où est leur intérêt.

– Je suppose que tu ne m'as pas fait chercher au sous-sol uniquement pour te vanter de ta victoire, si méritée soit-elle.

– Tu as raison ; il y a autre chose. J'ai reçu le rapport d'expertise du Sanctuaire sur le sort de sang qui m'a frappée.

– Et ?

– Et ce sort ne vient pas d'un membre du Conclave, ni d'aucun vampire de cette Assemblée.

– Ah non ?

– Non. Et ce n'était pas non plus le Nephilim que Deming a tué.

– Qui, alors ?

– Je ne sais pas. C'est ce que nous devons découvrir. Et encore une chose. Avec le rapport, j'ai aussi récupéré le manteau que je portais ce jour-là. J'ai trouvé ceci dedans.

Elle lui montra une croix ornée du monogramme O. H. P.

– C'est à toi, n'est-ce pas ?

Il fit oui de la tête.

– Tu as mis un talisman dans ma poche. La seule chose qui puisse détourner la puissance d'un sort de sang. C'est grâce à toi que je suis en vie.

– Il me semblait que tu en aurais besoin. Mais je n'ai pas voulu te le dire, parce que tu n'aurais sans doute pas accepté un talisman de ma part.

– Tu as raison, j'aurais refusé.

Jamais elle n'aurait cru que la protection d'un sang-rouge pût valoir quoi que ce fût. Le sort de sang était l'essence du mal, et une protection était tout l'inverse. C'était une forme de sacrifice : celui qui donnait un talisman perdait sa propre protection et se retrouvait vulnérable à tous les maléfices tapis dans l'univers.

– Ne me remercie pas, dit Oliver.

– Je ne l'ai pas fait.

– C'est mon boulot, c'est tout. Je ne pouvais quand même pas laisser la Régente mourir sous ma surveillance, hein ?

– Sans doute pas.

Mimi n'arrivait pas à le regarder dans les yeux. Il n'était pas son genre, même s'il n'était pas mal et que la plupart des filles l'auraient sans doute trouvé mignon, avec cette longue frange et ces yeux de bon toutou. Mais non... elle n'éprouvait pas cette émotion-là.

C'était autre chose qu'elle ressentait. De la gratitude. De

l'affection. Elle n'avait jamais eu ces sentiments-là pour un garçon. Elle connaissait le désir et les tourments de l'amour, mais ne s'était jamais prise d'amitié.

Elle l'aimait *bien*. Oliver, commençait-elle à comprendre, était devenu son ami en quelques semaines à peine, et elle aussi était devenue son amie. Ils ne s'étaient jamais appréciés auparavant, mais d'une manière ou d'une autre, parce qu'ils étaient tous les deux seuls et en deuil, il comprenait d'où elle venait, et ne jugeait pas ses crises de colère et de rage. Il connaissait. Il ressentait la même chose.

De plus, ils travaillaient bien ensemble. Parce qu'il n'y avait pas d'attraction, pas de tension, ils pouvaient rire, se taquiner, blaguer. Au milieu de toute cette folie, elle s'était fait un ami.

– Non, l'avertit Oliver.

– Non quoi ?

Il sourit.

– Ne deviens pas sentimentale. Je ne t'aime toujours pas beaucoup.

– Moi non plus, je ne t'aime toujours pas beaucoup, dit Mimi tout en sachant qu'ils mentaient tous les deux. (Ses traits s'adoucirent.) Merci. Franchement. Merci d'avoir veillé sur moi, ajouta-t-elle en luttant pour ne pas grimacer en prononçant ces mots.

Elle détestait se sentir redevable, surtout envers un humain.

– J'ai creusé un peu dans les dossiers du Sanctuaire. J'ai pensé que ça pourrait t'intéresser. D'après le *Livre des sorts*, la *subvertio* ne tue pas l'esprit immortel. Elle ne fait que le consigner dans le cercle le plus profond du monde des Ténèbres.

Mimi éloigna la croix en or.

– Je sais déjà tout ça.

– Écoute-moi, poursuivit Oliver avec animation. Si tu arrives à trouver une porte et à descendre le chemin des Morts, tu peux le sortir de là. Il n'y arrivera pas tout seul. Mais avec l'ange de la Mort, il a peut-être une chance.

– Il n'y a qu'un problème : qui sait où se trouvent les autres portes ? Je n'ai pas le temps de courir encore après des moulins.

– J'ai relu ce qu'il reste des notes de Lawrence Van Alen. Je crois qu'il est très possible que la porte de la Promesse ne soit pas à Florence, mais à Alexandrie.

– Pourquoi tu me dis ça ?

– Les *Venator* ont retrouvé ton frère. Il est parti de Florence. Jack refuse de se livrer à eux. Il dit qu'il ne se soumettra qu'à toi. Et il est seul.

– J'ai vu ce rapport. Tu es un petit malin, mon ami. Mon frère revient à New York pour affronter son destin, alors tu me fais miroiter l'espoir de retrouver Kingsley pour que je dégage d'ici. Qu'est-ce que tu en as à faire ? Quand nous serons débarrassés de Jack, elle n'aura plus d'autre choix que de te revenir.

– On peut être au Caire à la tombée de la nuit, dit Oliver sans relever la remarque.

Mimi releva un sourcil.

– « On » ?

– Tu auras besoin de renforts.

– Alors... tous les chemins mènent en enfer.

Elle posa la tête sur ses mains. Elle pouvait se rendre en Égypte pour sauver son amour, ou elle pouvait rester à New York, faire face à son frère et le condamner à mort.

– Alors ? insista Oliver. Je ne pense pas que Kingsley s'amuse comme un fou, là-bas.

Mimi se leva.

– Fais tes valises. On part ce soir. Dis aux *Venator* de retenir mon frère prisonnier jusqu'à mon retour. Je m'occuperai de lui à ce moment-là. Qui a dit que je ne pouvais pas faire d'une pierre deux coups ?

Mimi sourit. Elle aurait son amour. Ensuite, elle aurait sa revanche.

QUARANTE-TROIS

Chasseur et chassé (Deming)

Paul Rayburn était mort. Il s'était vengé des assassins de sa mère, mais Deming avait rendu la justice. Elle avait fait ce qu'elle avait à faire. Elle ressentait la douleur de sa mort dans son sang et dans son âme, mais elle était déterminée. Elle fit face aux *Venator* jumeaux assis devant elle.

– Il m'a dit qu'il y en avait d'autres comme lui dans le monde. Nous devons les retrouver.

Sam Lennox hocha la tête.

– Où vas-tu commencer la traque ?

– J'ai étudié son dossier. Son passeport était plein de tampons du Moyen-Orient. C'est par là que je commencerai.

Les Nephilim ne suivaient pas le cycle des réincarnations. Leur provenance démoniaque faisait d'eux des immortels.

– Vous êtes avec moi ? demanda-t-elle aux jumeaux.

Ted haussa les épaules.

– C'est mieux que rester ici à attendre que Jack Force se pointe. Je parlerai à la Régente, je lui ferai mettre une autre équipe là-dessus.

– Bien. Ma sœur nous rejoindra à son arrivée. (Deming sourit.) Elle vous plaira. Elle est exactement comme moi.

Sam échangea un sourire entendu avec son frère.

– Formidable, dit-il. Il y en a deux !

Remerciements

Merci à toute ma famille, en particulier à mon époux et collaborateur, Mike Johnston, et à notre petite fille, Mattie (qui n'est plus un bébé mais sera toujours notre bébé). Merci aux familles DLC et Johnston et à toutes les pièces rapportées. On vous aime.

Merci à mes chers amis qui m'ont soutenue pendant la pire année de ma vie. Merci à ma famille d'édition chez Disney-Hyperion, en particulier mes éditrices et meilleurs supportrices, Jennifer Besser, Christian Trimmer et Stephanie Lurie ; et mes gourous de la presse et du marketing, Jennifer Corcoran et Nellie Kurtzman, qui s'occupent de moi depuis le début de ma carrière en littérature jeunesse. Merci à mon agent et meilleur défenseur, Richard Abate.

Je souhaite aussi remercier très spécialement le Dr Luis Martinez, le Dr Steven Applebaum, le Dr Ramin Khalilli, le Dr Cary Manoogian et toutes leurs infirmières et aides-soignants qui ont pris soin de mon père au cours de sa bataille contre le cancer, en particulier Stacey Christ, Kim Medeiros, Michelle Huber, Emma Martinez, Diane Saenz, Jessica Osorio, Vivian Montes et Rose Ramirez. Merci à vous tous pour ce que vous avez fait pour mon petit papa. Notre famille chérira toujours les soins aimants que vous lui avez prodigués, et nous vous remercions du fond du cœur pour les six années de « bonus » dont il a pu profiter.

D'autres livres

www.wiz.fr
Logo Wiz : Cédric Gatillon

Composition Nord Compo
Éditions Albin Michel
22, rue Huyghens 75014 Paris

ISBN : 978-2-226-19189-2
ISSN : 1637-0236
N° d'édition : 19326/01. N° d'impression :
Dépôt légal : novembre 2010
Loi n° 49-956 du 16 juillet 1949 sur les publications destinées à la jeunesse.

Achevé d'imprimer au Canada
sur les presses de Imprimerie Lebonfon Inc.